U0069791

にほんご

穩紮穩打日本語

進階1

目白JFL教育研究会

前言

　　課堂上的日語教學，主要可分為：一、以日語來教導外國人日語的「直接法（Direct Method）」；以及，二、使用英文等媒介語、又或者使用學習者的母語來教導日語的教學方式，部分老師將其稱之為「間接法」（※：此非教學法的正式名稱）。

　　綜觀目前台灣市面上的日語教材，絕大部分都是從日方取得版權後，直接在台重製發行的。這些教材的編寫初衷，是針對日本的語言學校採取「直接法」教學時使用，因此對於在台灣的學校或補習班所慣用的「使用媒介語（用中文教日語）」的教學模式來說，並非那麼地合適。且隨著時代的演變，許多十幾年前所編寫的教材，其內容以及用詞也早已不合時宜。

　　有鑑於網路教學日趨發達，本社與日檢暢銷系列『穩紮穩打！新日本語能力試驗』的編著群「目白JFL教育研究會」合力開發了這套適合以媒介語（中文）來教學，且通用於實體課程與線上課程的教材。編寫時，採用簡單、清楚明瞭的版面、句型模組式教學、再配合每一課的對話文以及練習題，無論是「實體一對一家教課程」還是「實體班級課程」，又或是「線上同步一對一、一對多課程」，或「線上非同步預錄課程（如上傳影音平台等）」，都非常容易使用（※ 註：上述透過網路教學時不需取得授權。唯使用本教材製作針對非特定多數、且含有營利行為之非同步課程時，需事先向敝社取得授權）。

　　此外，本教材還備有以中文編寫的教師手冊可供選購，無論是新手老師還是第一次使用本教材的老師，都可以輕鬆地上手。最後，也期待使用本書的學生，能夠在輕鬆、無壓力的課堂環境上，全方位快樂學習，穩紮穩打地打好日語基礎！

想閱文化編輯部

穏紮穏打日本語 進階 1

課別	文法項目	

課別	文法項目	

本書說明

1. 教材構成

「穩紮穩打日本語」系列，分為「初級」、「進階」、「中級」三個等級。每個等級由 4 冊構成，每冊 6 課、每課 4 個句型。但不包含平假名、片假名等發音部分的指導。完成「進階 1」至「進階 4」課程，約莫等同於日本語能力試驗 N4 程度。另，進階篇備有一本教師手冊與解答合集。

2. 每課內容

- 學習重點：提示本課將學習的 4 個句型。
- 單字　　：除了列出本課將學習的單字及中譯以外，也標上了詞性以及高低重音。

  此外，也會提出各課學習的慣用句。

  「サ」則代表可作為「する」動詞的名詞。

- 句型　　：每課學習「句型 1」～「句型 4」，除了列出說明外，亦會舉出例句。

  每個句型還附有「練習 A」以及「練習 B」兩種練習。

  練習 A、B 會視各個句型的需求，增加或刪減。

- 本文　　：此為與本課學習的句型相關聯的對話或文章。

  左頁為本文，右頁為翻譯，可方便對照。

- 隨堂測驗：針對每課學習的練習題。分成「填空題」、「選擇題」與「翻譯題」。

  「翻譯題」前三題為「日譯中」、後三題為「中譯日」。

- 綜合練習：綜合本冊 6 課當中所習得的文法，做全方位的複習測驗。

  「填空題」約 25 ～ 28 題；「選擇題」約 15 ～ 18 題。

3. 周邊教材

「目白 JFL 教育研究會」將會不定期製作周邊教材提供下載，請逕自前往查詢：

http://www.tin.twmail.net/

25

うちへ　遊<small>あそ</small>びに　来<small>こ</small>いよ。

止まります（動）	停止	直行（サ /0）	直行、直進
逃げます（動）	逃跑	立入禁止（名 /0）	禁止進入
負けます（動）	輸	駐車禁止（名 /0）	禁止停車
諦めます（動）	放棄	禁煙（サ /0）	禁菸
捨てます（動）	丟棄	生ゴミ（名 /2）	廚餘、生鮮垃圾
動きます（動）	動、移動	足（名 /2）	腳
愛します（動）	愛、疼愛		
やめます（動）	停止、作罷	カフェ（名 /1）	咖啡廳
遅れます（動）	耽誤、慢了	バー（名 /1）	酒吧
済みます（動）	結束、了事	つまみ（名 /0）	下酒菜
休憩します（動）	休息	おやつ（名 /2）	（兒童下午吃的）點心
火事（名 /1）	火災	まっすぐ（副 /3）	筆直（前進）
食事券（名 /3）	餐卷	そろそろ（副 /1）	就要、差不多該…
入口（名 /0）	入口	せっかく（副 /0）	好不容易、難得…
右折（サ /0）	右轉		

8

入居パーティー (名 /4)
にゅうきょ

入厝趴

さあ (感 /1)

用於勸誘、
催促對方時

手を 出します。 (慣)
て だ

出手

気を 付けます。 (慣)
き つ

小心、留意

お茶を 入れます。 (慣)
ちゃ い

泡茶

命令形

　　命令形為「上位者對下位者發號施令，強制下位者做某事」的表現。只要將動詞轉為命令形，就是命令的語氣。一類動詞僅需將（〜 i ます）改為（〜 e）段音；二類動詞則將ます去掉替換為〜ろ；三類動詞則是死記即可。

一類動詞：	二類動詞：
・買（か）います → 買（か）え	・見（み）ます → 見（み）ろ
・書（か）きます → 書（か）け	・起（お）きます → 起（お）きろ
・貸（か）します → 貸（か）せ	・出（で）ます → 出（で）ろ
・待（ま）ちます → 待（ま）て	・寝（ね）ます → 寝（ね）ろ
・死（し）にます → 死（し）ね	・食（た）べます → 食（た）べろ
・読（よ）みます → 読（よ）め	・教（おし）えます → 教（おし）えろ
三類動詞「来（き）ます」：	三類動詞「します」：
・来（き）ます → 来（こ）い	・します → しろ

例句

・車（くるま）を　止（と）めろ！（停車！）

・火事（かじ）だ！　逃（に）げろ！（火災！快逃啊！）

・走（はし）れ！　頑張（がんば）れ！　行（い）け、行（い）け、行（い）け！（跑啊！加油！衝衝衝！）

・明日（あした）、　うちへ　遊（あそ）びに　来（こ）いよ。（明天來我家玩啊。）

1. 早く　寝ろ。
   宿題を　しろ。
   学校へ　行け。

1. 例：止まります。　→　止まれ。
   ① 立ちます。
   ② うちへ　帰ります。
   ③ 在留カードを　見せます。
   ④ ゴミは　ゴミ箱に　捨てます。
   ⑤ お金を　出します。

2. 例：ご飯を　食べる　前に、　手を　洗って　ください。
   → ご飯を　食べる　前に、　手を　洗え。
   ① 来る　前に、　連絡して　ください。
   ② 食事券を　買ってから、　店に　入って　ください。
   ③ 昨日　買った　スマホを　見せて　ください。（＋よ）
   ④ 彼女の　名前を　教えて　ください。（＋よ）

3. 例：「入口」　→　ここから　入れ。
   ① 「右折」
   ② 「直行」

禁止形

　　禁止形為「上位者對下位者發號施令，禁止下位者做某事」的表現。只要將動詞轉為禁止形，就是禁止的語氣。禁止形的改法相當簡單，無論是哪一種類的動詞，僅需在動詞原形後方加上終助詞「な」即可。

一類動詞：	二類動詞：
・買^かいます　→　買^かうな	・見^みます　　→　　見^みるな
・書^かきます　→　書^かくな	・起^おきます　→　起^おきるな
・貸^かします　→　貸^かすな	・出^でます　　→　　出^でるな
・待^まちます　→　待^まつな	・寝^ねます　　→　　寝^ねるな
・死^しにます　→　死^しぬな	・食^たべます　→　食^たべるな
・読^よみます　→　読^よむな	・教^{おし}えます　→　教^{おし}えるな
三類動詞「来^きます」：	**三類動詞「します」：**
・来^きます　→　来^くるな	・します　→　するな

・ここに　車^{くるま}を　止^とめるな！（不要把車停在這裡！）

・危^{あぶ}ない！　そこに　入^{はい}るな！（危險！不要進去那裡！）

・負^まけるな！　諦^{あきら}めるな！（不要輸啊！別放棄＜撐下去＞！）

・明日^{あした}の　約束^{やくそく}、　忘^{わす}れるなよ。（不要忘記明天的約定喔。）

1. ここで　寝<ruby>る<rt>ね</rt></ruby>な。
   宿題<rt>しゅくだい</rt>を　するな。
   騒<rt>さわ</rt>ぐな。

1. 例<rt>れい</rt>：動<rt>うご</rt>きます。　→　動<rt>うご</rt>くな。
   ① 座<rt>すわ</rt>ります。
   ② ここに　来<rt>き</rt>ます。
   ③ 逃<rt>に</rt>げます。
   ④ ゴミを　ここに　捨<rt>す</rt>てます。
   ⑤ 私<rt>わたし</rt>に　触<rt>さわ</rt>ります。

2. 例<rt>れい</rt>：ご飯<rt>はん</rt>を　食<rt>た</rt>べる　時<rt>とき</rt>、　スマホを　見<rt>み</rt>ないで　ください。
   →　ご飯<rt>はん</rt>を　食<rt>た</rt>べる　時<rt>とき</rt>、　スマホを　見<rt>み</rt>るな。
   ① お酒<rt>さけ</rt>を　飲<rt>の</rt>んだ　後<rt>あと</rt>で、　運転<rt>うんてん</rt>しないで　ください。
   ② 食事券<rt>しょくじけん</rt>を　買<rt>か</rt>う　前<rt>まえ</rt>に、　店<rt>みせ</rt>に　入<rt>はい</rt>らないで　ください。
   ③ 昨日<rt>きのう</rt>、　バーに　行<rt>い</rt>った　ことを
      彼女<rt>かのじょ</rt>に　言<rt>い</rt>わないで　ください。（＋よ）
   ④ 私<rt>わたし</rt>の　彼女<rt>かのじょ</rt>に　手<rt>て</rt>を　出<rt>だ</rt>さないで　ください。（俺<rt>おれ</rt>／＋よ）

3. 例<rt>れい</rt>：「立入禁止<rt>たちいりきんし</rt>」→　ここに　入<rt>はい</rt>るな。
   ① 「駐車禁止<rt>ちゅうしゃきんし</rt>」
   ② 「禁煙<rt>きんえん</rt>」

意向形

　　動詞意向形用於表達說話者向聽話者的「邀約、提議」。即為「初級 2」
第 9 課「句型 4」所學習到的「〜ましょう」的常體表達方式。一類動詞僅需
將（〜 i ます）改為（〜 o）段音，並加上「う」；二類動詞則將ます去掉替
換為〜よう；三類動詞則是死記即可。

一類動詞：	二類動詞：
・買(か)います → 買(か)おう	・見(み)ます → 見(み)よう
・書(か)きます → 書(か)こう	・起(お)きます → 起(お)きよう
・貸(か)します → 貸(か)そう	・出(で)ます → 出(で)よう
・待(ま)ちます → 待(ま)とう	・寝(ね)ます → 寝(ね)よう
・死(し)にます → 死(し)のう	・食(た)べます → 食(た)べよう
・読(よ)みます → 読(よ)もう	・教(おし)えます → 教(おし)えよう
三類動詞「来(き)ます」：	三類動詞「します」：
・来(き)ます → 来(こ)よう	・します → しよう

例 句

・ああ、 疲(つか)れた！ ここに 座(すわ)ろう。 （啊，累了。我們這裡坐一下吧。）

・みんなで 歌(うた)を 歌(うた)おうよ。 （大家來一起唱歌吧。）

・今度(こんど) 一緒(いっしょ)に ご飯(はん) 食(た)べようね。 （下次一起吃個飯吧。）

・A：あの カフェで 少(すこ)し 休(やす)まない？ （要不要在那咖啡廳稍微休息一下？）

　B：うん、 そう しよう。 （好啊，就這麼辦！）

1. もう　遅いから、　そろそろ　帰ろう。
　　　　　　　　　　　　　　　　　寝よう。
　　　　　　　　　　　　　　　　　休もう。

2. （私が）　やろう／やりましょう　　か。
　　　　　手伝おう／手伝いましょう
　　　　　持とう／持ちましょう

1. 例：愛して　いますから、　結婚しましょう。
　　→　愛して　いるから、　結婚しよう。
　① そろそろ　時間ですから、　始めましょう。
　② お腹が　空きましたから、　昼ご飯を　食べましょう。
　③ せっかくの　お休みですから、　デートに　行きましょう。
　④ この　ゲーム、　つまらないですから、　もう　やめましょう。

2. 例：行きます（一人で）　→　一人で　行け。
　　例：行きます（一緒に）　→　一緒に　行こう。
　① 寝ます（一人で）
　② テレビを　見ます（一緒に）
　③ 来ます（一人で）
　④ 運動します（一緒に）

〜なさい

　　此形式亦屬於命令形。上一個文法學習到的「〜ろ」，語感上較為粗暴，多為男性使用。而本項文法「〜なさい」，語感上比較高尚，多為女性教師、母親對於學生或小孩下達指令時使用。接續上，僅需將動詞「ます」形的「〜ます」去掉後，再加上「なさい」即可。

例句

・遊んで　いないで、　勉強しなさい。（不要一直玩，快去讀書！）

・宿題を　してから、　遊びに　行きなさい。（先做完功課再去玩！）

・今日中に　宿題を　出しなさい。（今天之內把作業交出來！）

・早く　起きなさい。　遅れるよ。（快點起床。快要遲到了。）

・この　薬は、　1日に　3回　飲みなさい。（這個藥一天吃三次。）

・どうぞ、　入りなさい。（請，進來！）

1. 立^たって　　（い）ないで、　早^{はや}く　入^{はい}り　　なさい。
   見^みて　　　　　　　　　　　　　　手伝^{てつだ}い
   寝^ねて　　　　　　　　　　　　　　起^おき
   笑^{わら}って　　　　　　　　　　　　　行^いき

2. さあ、　　やって　　みなさい。
   食^たべて
   考^{かんが}えて
   開^あけて

1. 例^{れい}：漫画^{まんが}を　読^よみます（うちへ　帰^{かえ}ってから）
   →　子供^{こども}：漫画^{まんが}を　読^よんでも　いい？
   　　母^{はは}：漫画^{まんが}は　うちへ　帰^{かえ}ってから　読^よみなさい。

   ① テレビを　見^みます（晩^{ばん}ご飯^{はん}を　食^たべてから）
   ② 犬^{いぬ}を　飼^かいます（大人^{おとな}に　なってから）
   ③ おやつを　食^たべます（勉強^{べんきょう}が　終^おわってから）
   ④ 音楽^{おんがく}を　聞^ききます（お父^{とう}さんが　会社^{かいしゃ}へ　行^いってから）
   ⑤ 遊^{あそ}びに　行^いきます（宿題^{しゅくだい}が　済^すんでから）
   ⑥ 友達^{ともだち}と　出掛^{でか}けます（部屋^{へや}を　片付^{かたづ}けてから）

本文

（路易要搬家，以下是路易與鈴木和小陳的對話）

鈴木：ルイさん、　引っ越し？　それ、　持とうか？

ルイ：あっ、　ありがとう。
　　　陳さんも　見て　ないで　手伝えよ！

陳　：自分で　やれよ、　今　忙しいから。

ルイ：今度　陳さんが　引っ越しを　する　時、
　　　俺を　呼ぶなよ。　手伝わないから。

陳　：わかった！　わかった！　やるよ。
　　　これを　どこに？

ルイ：あそこに　ある　箱の　中に、　お願い。

（東西整理完畢，三人討論入居派對。）

鈴木：ああ、　疲れた。　ちょっと　休憩しよう。

ルイ：うん。　そう　しよう。
　　　あっ、　みんな、　次の　日曜日、　俺ん家で、
　　　入居パーティー　やるから、　来い！　来い！

陳　：俺、　ビール　買って　行くよ。

ルイ：いいねえ。　ついでに　おつまみも　買って　こいよ。

陳　：うん、　いいよ。

鈴木：路易，你搬家啊？那個，我幫你拿吧。

路易：啊，謝謝。

　　　小陳你也別光看，幫忙啊！

陳　：自己做（搬）啦，我現在很忙。

路易：你下次搬家的時候別叫我，我不會幫你。

陳　：好啦，好啦！幫你啦！這要放哪裡？

路易：麻煩（放到）在那裡的箱子。

鈴木：啊，累了。稍微休息一下吧。

路易：嗯，就這麼辦。

　　　對了各位，下個星期天，我要在家開入厝趴，大家都來吧！

陳　：我買啤酒過去。

路易：好耶。順便買下酒菜來。

陳　：嗯，好喔。

隨堂測驗

填空題

例：行きます：　　　　　（行け）　　→　　（行くな）　　→　　（行こう）

1. 飲みます：　　　（　　　　　）（　　　　　　）（　　　　　）

2. 教えます：　　　（　　　　　）（　　　　　　）（　　　　　）

3. 買います：　　　（　　　　　）（　　　　　　）（　　　　　）

4. 聞きます：　　　（　　　　　）（　　　　　　）（　　　　　）

5. 見せます：　　　（　　　　　）（　　　　　　）（　　　　　）

6. 死にます：　　　（　　　　　）（　　　　　　）（　　　　　）

7. 勉強します：　　（　　　　　）（　　　　　　）（　　　　　）

8. 持って きます：　（　　　　　）（　　　　　　）（　　　　　）

選擇題

1. ここに 生ゴミを （　　）。
　 1　捨てるな　　2　捨てような　　　3　捨てろな　　　　4　捨てれな

2. 危ない！気を （　　）！
　 1　つけれ　　　2　つけろ　　　　　3　つけれよ　　　　4　つけろう

3. （男の友人に）　うちに 入る 前に、 足を （　　）よ。
　 1　洗います　　2　洗ろ　　　　　　3　洗え　　　　　　4　洗う

4. ねえ、 来週の 日曜日、 一緒に 遊園地へ （ 　 ）よ。
　　1　行ころ　　　2　行こう　　　　3　行よう　　　　4　行けろ

5. いらっしゃい。 どうぞ、 入って。 お茶を （ 　 ）。
　　1　入れるか　　2　入れようか　　　3　入れろうか　　4　入れおうか

6. テストを 出す 前に、 もう一度 よく （ 　 ）なさい。
　　1　確認します　2　確認して　　　　3　確認する　　　4　確認し

翻譯題

1. さあ、 この 薬を 飲め。

2. 今晩、 みんなで 映画を 見よう。

3. お腹 空いた？ 何か 作ろうか。

4. 明天不要遲到喔。

5. 差不多該出發囉。

6. （對男性朋友）那個借我啦！

Memo

26

この　部屋<ruby>部屋<rt>へや</rt></ruby>って　高<ruby>高<rt>たか</rt></ruby>いでしょう？

① ～でしょう？（尋求同意・確認）

② ～でしょう。（推測）

③ ～かも　しれません（可能性）

④ ～と　思<ruby>思<rt>おも</rt></ruby>います（判斷）

辞（や）めます	(動)	辭職
渇（かわ）きます	(動)	口渴
晴（は）れます	(動)	放晴
曇（くも）ります	(動)	轉陰天
咲（さ）きます	(動)	花開
増（ふ）えます	(動)	增加
売（う）れます	(動)	賣掉、暢銷
上（あ）がります	(動)	上漲
下（さ）がります	(動)	下跌
亡（な）く　なります	(動)	過世、死亡
間（ま）に　合（あ）います	(動)	來得及
喉（のど）	(名 /1)	喉嚨
桜（さくら）	(名 /0)	櫻花
月（つき）	(名 /2)	月亮
柄（がら）	(名 /0)	花紋、花樣
品物（しなもの）	(名 /0)	物品、東西
価格（かかく）	(名 /0)	價格
製品（せいひん）	(名 /0)	產品
朝食（ちょうしょく）	(名 /0)	早餐
辺（あた）り	(名 /1)	附近、一帶
円安（えんやす）	(名 /0)	日圓下跌
円高（えんだか）	(名 /0)	日圓上漲
引（ひ）っ越（こ）し祝（いわ）い	(名 /5)	搬家祝賀
たぶん	(副 /1)	大概
きっと	(副 /0)	一定
あれから	(連 /0)	從 ... 以後
ずっと	(副 /0)	一直
婆（ばあ）さん	(名 /1)	老太太
株主（かぶぬし）	(名 /2)	股東
俳優（はいゆう）	(名 /0)	(男性) 演員
犯人（はんにん）	(名 /1)	犯人
人間（にんげん）	(名 /0)	人類
中止（ちゅうし）	(サ /0)	中途停止

努力 (サ /1) どりょく	努力	日当たり (名 /0) ひ あ	採光
派手 (ナ /2) は で	華麗鋪張	生活 (サ /0) せいかつ	生活
無駄 (ナ /0) む だ	徒勞、白費	住み心地 (名 /0) す ごこち	居住舒適度
無意味 (ナ /2) む い み	沒有意義	最高 (ナ /0) さいこう	很棒、最好
優しい (イ /0) やさ	溫柔的	将来 (副 /1) しょうらい	將來
デザイン (サ /2)	設計	今すぐ (副 /1) いま	現在立刻
暮らしやすい (イ /5) く	生活舒適、 容易過活	でしたら (接 /1)	那樣的話 ...。
マイホーム (名 /3)	自己家	ございます (動)	有（敬語）
口だけ (連 /4) くち	出一張嘴	いかが (副 /2)	如何
一人旅 (名 /3) ひとり たび	一個人的旅性	〜に　ついて (連)	（連）關於
殺人事件 (名 /5) さつじん じ けん	殺人事件	奴 (代 /1) やつ	那傢伙
		あいつ (代 /0)	那傢伙
賃貸 (サ /1) ちんたい	出租	お前 (代 /0) まえ	你（下位男性）
共用施設 (名 /5) きょうよう し せつ	公共設施	バカ (ナ /1)	笨蛋
間取り図 (名 /3) ま ど ず	格局圖		
南向き (名 /0) みなみ む	朝南	※真實地名：	
北向き (名 /0) きた む	朝北	北海道 (名 /3) ほっかいどう	北海道
		沖縄 (名 /0) おきなわ	沖繩

〜でしょう？ （尋求同意・確認）

　　「〜でしょう？」句尾語調上揚，其常體為「〜だろう？」。用於「尋求聽話者的同意及確認」。此種用法常常會省略成「でしょ」、「だろ」。口語會話時，無論男女性，使用「でしょう／でしょ」較為妥當。「だろう／だろ」在語感上比較高壓，多為男性對自己較親密的家人或部屬使用。前方欲確認的事項可以是未發生、也可以是已發生，故前方的句子可以是現在式、亦可以是過去式。

例句

・この服、　素敵でしょ（う）？（這件衣服很漂亮吧！）

・林さんは　学生でしょ（う）？（林小姐是學生，對吧。）

・A：その　スマホ、　高かったでしょ（う）？（你那隻智慧型手機很貴對吧。）
　B：ええ、　高かったです。（是啊，很貴。）

・昨日は　雨だったでしょ（う）／雨だった（だ）ろ（う）？（昨天是雨天，對吧！）

・明日、　ルイさんの　引っ越し祝いの　パーティーが　あるでしょ（う）？
　君も　行く？
　（明天是路易的搬家慶祝派對對吧。你會去嗎？）

・彼女は、　お前が　他の　女性と　デートして　いるのを　知らないだろ（う）？
　（她不知道你跟其他的女性約會對吧！）

1. あなたも　ハイキングに　行く　　　でしょ（う）／だろ（う）？
   陳さんは　教室に　いる
   加藤さんは　会社を　辞めた
   彼女が　作った　料理、　美味しい
   北海道は　寒かった

   あれは　ルイさんの　かばん

1. 例：あの人は　山田さんです。→　あの人は　山田さんでしょ（う）？
   ① 昨日は　雨でした。
   ② 鈴木さんは　もう　結婚して　います。
   ③ 小林さんは　フランス語が　できます。
   ④ 一人で　子供を　育てるのは　大変です。
   ⑤ 大統領に　会った　ことが　あります。
   ⑥ ルイ・ヴィトンの　かばんが　欲しかった。

2. 例：疲れたでしょう？（いいえ、　そんなに）

   →　いいえ、　そんなに　疲れて　いません。
   ① 王さんは　日本語が　上手でしょう？（いいえ、　あまり）
   ② その　かばん、　高かったでしょう？（いいえ、　そんなに）
   ③ 喉が　渇いたでしょう？（いいえ、　そんなに）
   ④ その　ことは　もう　彼女に　言ったでしょう？（いいえ、　まだ）

～でしょう。（推測）

　　　「～でしょう」句尾語調下降，其常體為「～だろう」。用於表示「對過去或未來無法確切斷定的事做推測」故前方的句子可以是現在式、亦可以是過去式。由於是推測的語氣，因此也經常與表推測的副詞「たぶん」（大概）、「きっと」（一定）的副詞使用。

例 句

・あの　人は　外国人でしょう／だろう。　(那個人是外國人吧。)

・東京は　昨日、　雨だったでしょう／だろう。　(東京昨天應該是雨天。)

・明日は　晴れるでしょう／だろう。　(明天應該會放晴吧。)

・大阪では、　たぶん　今は　もう　桜が　咲いて　いるでしょう／だろう。
　(大阪現在大概櫻花應該開了吧。)

・陳さんが　持って　いる　かばん、　きっと　高かったでしょう／だろう。
　(小陳帶的包包，一定很貴吧。)

・これからも、　日本に　行く　留学生が　増えて　いくでしょう／だろう。
　(從今以後，應該去日本的留學生會增加吧。)

・あれから　30年　経ったから、　あの　婆さん、　もう　亡くなっただろう。
　(從那時又過了30年了，那個婆婆應該已經過世了吧。)

1. 明日、 田村さんは 来る でしょう／だろう。
   今、 北海道は 寒い
   あの 辺りは 静か
   佐藤さんは 会社員

2. 昨日、 田村さんは 来なかった　　　でしょう／だろう。
   沖縄は 暑かった
   この 辺りは 昔 賑やかだった
   昨日 会った 人は、 外国人だった

1. 例：午後・雨が 止みます → 午後は 雨が 止むでしょう。
   ① 明日・雪が 降ります
   ② 今夜・月が 出ます
   ③ 明後日・雨
   ④ 午後・曇ります

2. 例：彼は 映画を 見るのが 好きです。
   → 彼は 映画を 見るのが 好きでしょう。
   ① 陳さんは たぶん ハワイへ 行った ことが あります。
   ② レポートを 出すのを 忘れました。
   ③ 一人で やる のは 大変です。
   ④ この 仕事は 彼一人では できません。

～かも　しれません（可能性）

　　此句型用於表達說話者對於某件事情的「可能性」。其常體為「～かも（しれない）」。前方的句子可以是現在式、亦可以是過去式。

例句

- 彼は　とても　重い　病気かも　しれません。（他搞不好是重病。）

- 昨日、　ここは　雨だった　かも　しれない。（昨天或許這邊下了雨。）

- まだ　間に　合うかも。　早く　行けよ。（也許還來得及。你趕快去。）

- 陳さんが　来たかも。　ちょっと　見て　くる。
  （小陳搞不好來了。我去看一下。）

- もう　こんな　時間だから、　陳さんは　もう　来ないかも。
  （都這時候了，小陳搞不好不會來了。）

- 運動会は　中止に　なるかも　しれません。（運動會搞不好會停辦。）

- あの　店は、　何でも　安いですが　品物が　よくないかも　しれません。
  （那間店，什麼都很便宜，但或許東西的品質不好。）

- あの　かばんは　ルイさんの　かもね。　柄が　派手だから。
  （那個包包可能是路易的。因為花紋很花俏鮮豔。）

1. 彼は、 他の 女性と 結婚する　　　　　 かも　しれません／しれない。
　　　　　 先生に その ことを 言った
　　　　　 あの 会社の 株主
　　　　　 あの 会社の 社長だった
　　　　　 先週 忙しかった
　　　　　 男性が 好き
　　　　　 そんなに 有名じゃなかった

1. 例：外国人が 増えて いますね。（これから もっと 増えます。）

　　→ ええ、 これから もっと 増えるかも しれませんね。

　① 物価が 高く なりましたね。（これから もっと 高く なります。）
　② 雨が 止みませんね。（今日中に 止みません。）
　③ 陳さん 遅いですね。（今日は もう 来ません。）
　④ 円安に なって いますね。（もっと 安く なります。）

2. 例：雨が 降ります・傘を 持って いきます

　　→ 雨が 降るかも しれないから、 傘を 持って いって。

　① 約束の 時間に 間に 合いません・ タクシーを 呼びます
　② お客さんが 来ます・部屋を 片付けます
　③ 不動産の 価格が 下がります・今 マイホームを 買いません
　④ あなたが 行くのを ずっと 待って います・早く 行きます

〜と　思います（判斷）

　　此句型用於說話者「向聽話者」表明「自己」的主觀判斷或意見。其常體為「〜と　思う」。前方的句子可以是現在式、亦可以是過去式。接續時，名詞或ナ形容詞的現在肯定，必須要加上「だ」。

　　若要詢問對方對於某件事情的判斷或意見，除了使用「〜と　思いますか」的封閉式問句的形式外，亦可使用「〜に　ついて／を　どう　思いますか」的開放式問句形式。

例句

・A：あれ？　ルイさんは　どこ？（疑？路易先生在哪裡？）
　B：（ルイさんは）　もう　帰ったと　思うよ。（我想他回去了。）

・A：今日、　陳さんが　来ると　思いますか。（你覺得小陳會來嗎？）
　B：もう　こんな　時間ですから、　今日は　来ないと　思いますよ。

　（都已經這時候了，我想他今天不會來了。）

・A：山田さんは、　鈴木さんが　先月　結婚したのを　知って　いますか。

　（山田先生知道鈴木小姐上個月結婚了＜一事＞嗎？）
　B：いいえ、　たぶん　知らないと　思います。（不，我想他應該不知道。）

・A：今の　首相に　ついて、　どう　思いますか。（你覺得現在的首相如何？）
　B：彼は　口だけの　人だと　思います。（我覺得他只會說說＜不會做事＞。）

・A：彼を　どう　思う？（你覺得他怎樣？）
　B：とても　優しくて、　いい　人だと　思う。（我覺得他非常溫柔，是個好人。）

1. （私は）　明日は　晴れる　　　　　　　　と　思います／思う。
　　　　　　彼は　もう　来ない
　　　　　　社長は　帰った
　　　　　　彼女は　朝食を　食べなかった

2. （私は）　あの　映画は　面白い　　　　　と　思います／思う。
　　　　　　スマホは　便利だ
　　　　　　殺人事件の　犯人は　あの男だ
　　　　　　あなたの　努力は　無駄だった

1. 例：一人旅は　寂しいです。　→　一人旅は　寂しいと　思います。
　① 林さんは　真面目な　学生です。
　② 犬は　人間の　一番の　友達です。
　③ アップル社の　製品は　性能が　よくて　デザインも　いいです。
　④ 子供は　産まなくても　いいです。

2. 例：今の　生活を　どう　思いますか。（毎日　楽しくて、　最高です。）
　　→　毎日　楽しくて、　最高だと　思います。
　① 自分の　人生を　どう　思いますか。（退屈で、　無意味です。）
　② あの　若い　俳優に　ついて　どう　思いますか。（きっと　売れます。）
　③ AI に　ついて　どう　思いますか。（なんでも　できて、　便利だ。）
　④ 日本に　ついて　どう　思いますか。（物価が　安くて、　暮らしやすい。）

（小陳要買房投資，以下為在不動產店與業務員的對話）

陳　：この　部屋、　今　見る　ことが　できますか。

営業：この　部屋は　今　賃貸中ですから、　中を　見る

　　　ことは　できませんが、　ロビーや　共用施設などは

　　　見ることが　できます。

陳　：間取り図は　ありますか。

営業：はい、　ございます。

陳　：北向きですか。　冬は　風が　強いかも　しれませんね。

営業：でしたら、　こちらの　南向きの　部屋は

　　　いかがですか。　日当たりが　よくて、　住み心地は

　　　最高だと　思いますよ。

陳　：南向きの　部屋って　高いでしょう？

営業：そうですね。　南向きの　部屋は　人気が

　　　ありますからね。　でも　将来　売る　時、

　　　高く　売れる　かもしれませんよ。

陳　：今すぐ　見に　行くことは　できますか。

営業：はい。　ご案内します。

陳　　：這間房子（房間），現在可以看嗎。

業務：這間現在正出租中，所以不能看裡面，但是可以看大廳或公共設施等。

陳　　：有格局圖嗎？

業務：有的。

陳　　：朝北啊。冬天搞不好風很強。

業務：這樣的話，那這間朝南的房間如何呢？

　　　　採光好，我想住起來應該很舒服喔。

陳　　：朝南的房間，很貴對吧。

業務：是啊。因為朝南的房間很有人氣。

　　　　但是將來要賣的時候，或許可以賣高價喔。

陳　　：現在可以馬上去看嗎？

業務：可以。我帶您去看。

隨堂測驗

填空題

1. A：陳さんは、　今日　来ますか。　B：いいえ、　（　　）でしょう。

2. 台北は、　昨日　雨（　　）だろう。

3. 明日、　神社で　お祭りが　（　　）でしょ。　一緒に　行かない？

4. 疲れた（　　）。　ちょっと　休まない？

5. もう　（間に　合いません　→　　　　　）かも。

6. 家の　値段は　もっと　上がる（　　）　しれないから、　今　買おう。

7. A：あの　人を　（　　）　思う？　B：嫌な　奴だと　思う。

8. 彼は　台湾に　10年　いたから、

   台湾語が　（上手です　→　　　　　）と　思うよ。

選擇題

1. 彼は　まだ　その　ことを　（　　）かも　しれません。

   1　知る　　　　　2　知らない　　　3　知って　　　　4　知りません

2. 明日は　寒く　なる（　　）。

   1　だったろう　　2　だろう　　　　3　だっただろう　　4　だろ

3. 明日の　パーティーは　30人ぐらい（　　）でしょう。

   1　来る　　　　　2　来て　　　　　3　来た　　　　　4　来い

4. 外は　（　）でしょ。　傘を　持って　いって。

1　雨だ　　　　　2　雨の　　　　　3　雨だった　　　　4　雨

5. 今日は　日曜日だから、　会社の　近くの　カフェは　（　）と　思います。

1　静かだ　　　　　2　静かで　　　　　3　静かな　　　　　4　静か

6. A：新しい　先生（　）　どう　思いますか。
　　B：親切な　人だと　思います。

1　は　　　　　　　2　が　　　　　　　3　に　ついて　　　4　を　ついて

翻譯題

1. これから　円高に　なるでしょう。

2. これ、　欲しかったでしょ？　あげるよ。

3. 日本の　経済は　もっと　悪く　なるかも。

4. 我覺得那傢伙（あいつ）是笨蛋（バカ）。

5. 這個蛋糕，很好吃對吧（尋求同意）。

6. 今天晚上應該會下雨（氣象預報推測）。

27

かおにんしょう き のう
顔認証機能が　ついて　います。

1 〜し、〜（並列・理由）

2 〜た　ほうが　いいです（建議）

3 〜て　います（結果残存）

4 自他動詞

モテます（動）	受歡迎	治します（動） なお	治療
急ぎます（動） いそ	急、快走	治ります（動） なお	治癒
混みます（動） こ	擁擠	割ります（動） わ	把...弄破
入ります（動） はい	進入	割れます（動） わ	破損
消えます（動） き	（燈）關掉	燃やします（動） も	把...燒掉
破れます（動） やぶ	破損	燃えます（動） も	燃燒
つきます（動）	（燈）亮		
近づきます（動） ちか	接近	(鍵が) 掛かります（動） かぎ　か	鎖上的
閉まります（動） し	關閉	取り替えます（動） と　か	更換
止まります（動） と	停止	持ち歩きます（動） も　ある	帶著走
故障します（動） こ しょう	故障	眠い（イ /0） ねむ	犯睏
並べます（動） なら	把...排列	変（ナ /1） へん	奇怪
並びます（動） なら	排列	熱心（ナ /1） ねっしん	熱心
壊します（動） こわ	把...弄壞	大切（ナ /0） たいせつ	重要
壊れます（動） こわ	故障	無駄遣い（サ /3） む だ づか	亂花錢
汚します（動） よご	把...弄髒	お金持ち（名 /3） かね も	有錢人
汚れます（動） よご	髒掉	おしゃれ（名 /2）	時尚、打扮漂亮

経験 けいけん (名 /0)	經驗	ダイエット (名 /1)	飲食控制
豊富 ほうふ (ナ /0)	豐富	ファストフード (名 /4)	速食
性能 せいのう (名 /0)	性能	ストレージ (名 /3)	儲存容量
温泉 おんせん (名 /0)	溫泉	フレーム (名 /0)	邊框、外框
前日 ぜんじつ (名 /0)	前一天	収納スペース しゅうのう (名 /6)	收納空間
連休 れんきゅう (名 /0)	連假		
発表会 はっぴょうかい (名 /3)	發表會	GB ジービー/ギガバイト (助數)	十億位元組
傷 きず (名 /0)	傷、傷口	ＴＢ ティービー/テラバイト (助數)	萬億位元組
毒 どく (名 /2)	毒、毒藥	110番 ひゃくとおばん (名 /3)	報警專線
星 ほし (名 /0)	星星		
		〜製 せい (接尾)	...製造的
使い方 つかいかた (名 /0)	用法	お薦め すすめ (サ /0)	推薦
品揃え しなぞろえ (名 /0 或 3)	品項（豐富）	申し訳ありません。 もうわけ (慣)	抱歉
顔認証機能 かおにんしょうきのう (名 /7)	臉部辨識功能	お待たせしました。 ま (慣)	久等了
それに (接 /0)	而且、再加上	※真實地名:	
なかなか (副 /0)	不輕易...	伊豆 いず (名 /0)	伊豆
ガラス (名 /0)	玻璃		

〜し、〜（並列・理由）

　　「〜し」的前方，可接續動詞、形容詞或名詞的過去以及非過去，敬體或常體。主要用於列舉出主語的「特點」或所做過的「動作」。接續時，名詞或ナ形容詞的常體現在肯定，必須要加上「だ」。亦可用於敘述主要子句的「理由」。

例句

・伊豆では、　温泉にも　入った／入りましたし、　美味しい　料理も
　食べました。（在伊豆，我泡了溫泉、也吃了美味的食物。）

・もう　7時だ／ですし、　そろそろ　帰りましょう。
　（也已經七點了，也差不該回去了。）

・これも　欲しいし、　あれも　買いたいです。（我這個也想要、那個也想買。）

・駅から　近いし、　品揃えが　いいし、　いつも　この　店で
　買い物を　して　います。
　（因為離車站很近，品項又多，因此我總是在這間店買東西。）

・頭が　痛いですし、　熱も　ありますから、　今日は　学校を　休みます。
　（頭痛，而且也有發燒，所以我今天請假不去學校。）

・ルイさんは　彼氏が　いるし、　外国人だし、　あなたを　好きに
　ならないと　思うよ。（路易先生有男朋友，又是外國人，我想他不會喜歡你。）

1. 吉田さんは　かっこいい　し、　　スポーツも　できる　し、
　　　　　　　　親切だ　　　　　　　　経験も　豊富だ
　　　　　　　　いい人です　　　　　　真面目です

　　それに、　女性に　モテます。
　　　　　　　熱心です

　　　　　　　お金持ちです

1.　例：アップル社の　スマホ
　　　　（性能が　いいです・デザインが　かっこいいです・使い方が　簡単です）
　　　→　アップル社の　スマホは　性能も　いいし、　デザインも
　　　　かっこいいし、　それに、　使い方も　簡単です。
　　①　この　かばん（軽いです・おしゃれです・値段が　そんなに　高くないです）
　　②　東京（人が　多いです・物価が　高いです・みんな　冷たいです）
　　③　あの　男性（社長です・家を　持って　います・独身です）

2.　例：日当たりが　いいです・駅に　近いです・この　部屋に　しましょう
　　　→　日当たりも　いいし、　駅にも　近いし、　この　部屋に　しましょう。
　　①　南向きです・家賃が　安いです・この　部屋に　決めました
　　②　庭が　あります・収納スペースが　広いです・ここが　いいと　思います
　　③　駐車場が　ありません・お風呂が　狭いです・ここに　住みたくないです

～た　ほうが　いいです（建議）

　　「～た　ほうが　いいです」前方接續動詞「～た」形，用於表達向對方的「建議」、「忠告」。亦可使用於「非針對個人，講述一般論述的建議」。
　　若要表達「建議不要做…」，則前方使用動詞「～ない」形，以「～ない　ほうがいい」的形態表達否定。

例句

・<ruby>大切<rt>たいせつ</rt></ruby>な　<ruby>会議<rt>かいぎ</rt></ruby>ですから、　<ruby>早<rt>はや</rt></ruby>く　<ruby>行<rt>い</rt></ruby>った　ほうが　いいですよ。

（因為是很重要的會議，所以你最好早點去比較好。）

・Ｃ<ruby>国製<rt>こくせい</rt></ruby>の　ものは　<ruby>品質<rt>ひんしつ</rt></ruby>が　<ruby>悪<rt>わる</rt></ruby>いから、　<ruby>買<rt>か</rt></ruby>わない　ほうが　いいよ。

（Ｃ國製的東西品質不好，你還是別買比較好。）

・<ruby>試験<rt>しけん</rt></ruby>の　<ruby>前日<rt>ぜんじつ</rt></ruby>は、　<ruby>試験会場<rt>しけんかいじょう</rt></ruby>を　<ruby>見<rt>み</rt></ruby>に　<ruby>行<rt>い</rt></ruby>った　ほうが　いい。

（考試前天去看一下考場比較好。）

・<ruby>熱<rt>ねつ</rt></ruby>が　ある　<ruby>時<rt>とき</rt></ruby>は、　お<ruby>風呂<rt>ふろ</rt></ruby>に　<ruby>入<rt>はい</rt></ruby>らない　ほうが　いいです。

（發燒時，最好不要泡澡。）

・この　<ruby>店<rt>みせ</rt></ruby>の　<ruby>物<rt>もの</rt></ruby>は、　<ruby>品質<rt>ひんしつ</rt></ruby>も　いいし、　<ruby>高<rt>たか</rt></ruby>くないし、　ここで　<ruby>買<rt>か</rt></ruby>った　ほうが　いいと　<ruby>思<rt>おも</rt></ruby>う。

（這間店的東西，品質好，又不貴，我覺得最好在這裡買喔。）

1. 少し 休んだ　　　　　　ほうが　いいですよ。
   明日、　ここに　来ない

2. 発表会　　　は　　スーツを　着て　いった　　　　ほうが　いいです。
   ダイエット中　　　ファストフードを　食べない

1. 例：頭が　痛いです。（早く　薬を　飲みます。）
   → 早く　薬を　飲んだ　ほうが　いいですよ。
   ① 眠いです。（運転しません。）
   ② 最近　太りました。（少し　ダイエット　します。）
   ③ 疲れました。（家に　帰って　ゆっくり　休みます。）
   ④ 風邪が　なかなか　治りません。（病院へ　行きます。）
   ⑤ あっ、　あそこに　変な　人が　います。（近づきません。）
   ⑥ 新しい　スマホが　欲しいです。（無駄遣いを　しません。）

2. 例：タバコを　やめます（体に　悪いです・お金の　無駄です）
   → 体に　悪いし、　お金の　無駄だし、　タバコを　やめた
   ほうが　いいよ。
   ① 薬を　飲みます（風邪です・仕事を　しなければ　なりません）
   ② 急ぎます（もう　こんな　時間です・お客さんが　待って　います）
   ③ 連休中は　どこも　行きません（人が　多いです・道が　込んで　います）
   ④ 今日は　出掛けません（もう　遅いです・熱が　あります）

45

〜て います（結果殘存）

　　「初級 4」第 19 課「句型 2」學習了「〜て　います」前接「人」的「意志性、瞬間動作」時，表「結果維持」。本課則是要學習「〜て　います」前接「無意志性、瞬間動作」時，表「結果殘存」的用法。此外，本句型所學習的動詞都是用來描述「物的狀態」的「自動詞」。

例 句

・ドアが　開きます。（門即將要開。）

→　　　　開いて　います。（門開著的。＜開啟之後的結果殘存＞）

・電気が　消えて　いますから、　つけて　ください。（燈沒亮暗著的，請你將它點亮。）

・あれ？　店の　前に　車が　止まって　いますね。　あれは　誰の　車ですか。
（有一台車停在店門口。那是誰的車呢？）

・冷蔵庫には　牛乳が　入って　います。（冰箱裡有牛奶。）

・A：ドバイ旅行の　本、　貸して。（借我杜拜旅行的書。）
　B：旅行の　本は　あそこの　本棚に　並んで　いるから、　自分で　探して。
（旅行的書都排放在那裡的書架，自己找。）

・この　服は　破れて　いるし、　汚れて　いるし、　もう　捨てよう。
（這個衣服破了，而且髒髒的，＜別再穿了＞丟掉吧！）

1. 私は
スマホ を	壊します	→	スマホ が	壊れます。（壊れて います）
ガラス	割ります		ガラス	割れます。（割れて います）
ゴミ	燃やします		ゴミ	燃えます。（燃えて います）

1. 例：薔薇・百合（咲きます）
   → 薔薇は 咲いて いますが、 百合は 咲いて いません。
   ① 月・星（出ます）
   ② ドア・窓（開きます）
   ③ 私の 財布には クレジットカード・保険証（入ります）

2. 例：この タオルを 使っても いいですか。（汚れます）
   → その タオルは 汚れて いますよ。
   ① この タブレットを 使っても いいですか。（故障します）
   ② この レジ袋を もらっても いいですか。（破れます）
   ③ この 水を 飲んでも いいですか。（毒が 入ります）

3. 例：家が 燃えます・早く 110番して ください
   → 家が 燃えて いますから、 早く 110番して ください。
   ① 道が 混みます・電車で 行った ほうが いいですよ。
   ② 店が 閉まります・ネットで 買いましょう。
   ③ 事務所に 鍵が 掛かります・みんな 帰ったと 思います。

自他動詞

動詞又分成①自動詞（不及物動詞）與②他動詞（及物動詞）。

---

①　所謂的**自動詞**，指的就是「描述**某人的動作**，但沒有動作對象（受詞／目的語）」的動詞，又或者是「描述**某個事物狀態**」的動詞。主要以「Ａが（は）　動詞」的句型呈現。

【某人的動作】

・私<ruby>は<rt>わたし</rt></ruby>　アメリカへ　行<ruby><rt>い</rt></ruby>きます。（我去美國。）

・弟<ruby><rt>おとうと</rt></ruby>は　外<ruby><rt>そと</rt></ruby>で　遊<ruby><rt>あそ</rt></ruby>んで　います。（弟弟正在外面玩耍。）

・父<ruby><rt>ちち</rt></ruby>は　出張<ruby><rt>しゅっちょう</rt></ruby>から　帰<ruby><rt>かえ</rt></ruby>りました。（爸爸出差回來了。）

・あそこに　座<ruby><rt>すわ</rt></ruby>りましょう。（我們坐在那邊吧。）

・今日<ruby><rt>きょう</rt></ruby>は　とても　疲<ruby><rt>つか</rt></ruby>れました。（今天累了。）

【某物的狀態】

・ドアが　開<ruby><rt>あ</rt></ruby>きます（⇒開<ruby><rt>あ</rt></ruby>いて　います）。（門開。⇒門開著的。）

・窓<ruby><rt>まど</rt></ruby>が　閉<ruby><rt>し</rt></ruby>まります（⇒閉<ruby><rt>し</rt></ruby>まって　います）。（窗關。⇒窗關著的。）

・車<ruby><rt>くるま</rt></ruby>が　止<ruby><rt>と</rt></ruby>まります（⇒止<ruby><rt>と</rt></ruby>まって　います）。（車停。⇒車停著的。）

・電気<ruby><rt>でんき</rt></ruby>が　消<ruby><rt>き</rt></ruby>えます（⇒消<ruby><rt>き</rt></ruby>えて　います）。（燈暗。⇒燈沒亮暗著的。）

・冷蔵庫<ruby><rt>れいぞうこ</rt></ruby>に　牛乳<ruby><rt>ぎゅうにゅう</rt></ruby>が　入<ruby><rt>はい</rt></ruby>ります（⇒入<ruby><rt>はい</rt></ruby>って　います）。

（冰箱裡有牛奶在裡面。⇒冰箱裡有牛奶在裡面的狀態。）

② 所謂的**他動詞**,指的就是「描述某人的動作,且動作作用於某個對象 (受詞／目的語)」的動詞。主要以「A が (は)　B を　動詞」的句型呈現。他動詞又可分成「**無對他動詞**」與「**有對他動詞**」。

「無對他動詞」,就是沒有相對應的自動詞的一般他動詞。

「有對他動詞」,則是與表達「某物的狀態」的自動詞相對應的他動詞。有對他動詞為「因」,而其相對的自動詞為「果」。

【無對他動詞】

- 私は　ご飯を　食べました。（我吃了飯。）
- 今晩、　友達と　映画を　見ます。（今晩和朋友看電影。）
- 今、　フランス語を　勉強して　います。（現在正在學法文。）
- どうぞ、　これを　使って　ください。（請,請使用這個。）
- 父は、　大学で　外国人に　日本語を　教えて　います。
  （我爸爸在大學教外國人日文。）

【有對他動詞】

- 私は　ドアを　開けます。（我開門。）　　　(他) 開けます　⇄　(自) 開きます
- 私は　窓を　閉めます。（我關窗。）　　　(他) 閉めます　⇄　(自) 閉まります
- 車を　止めます。（車停。⇒車停著的。）　　(他) 止めます　⇄　(自) 止まります
- 姉は　部屋の　電気を　消しました。　　　(他) 消します　⇄　(自) 消えます
  （姊姊關掉房間的電燈。）
- 冷蔵庫に　牛乳を　入れました。　　　　　(他) 入れます　⇄　(自) 入ります
  （我把牛奶放進冰箱。）

（小陳跟小呂在電器行選購平板電腦）

陳：A社の　タブレットと　B社のと、　どう　違いますか。

呂：A社のは　顔認証機能が　ついて　いますが、
　　B社のは　ついて　いません。

陳：A社のは　軽いですが、　B社のより　ずっと
　　高いですね。

呂：ええ、　B社のは　安いですが、　持ち歩くのに
　　大変です。　重いですから。

陳：A社の　ほうが　お薦めですか。

呂：そうですね。　機能も　いいし、　デザインも　綺麗だし、
　　A社のを　買ったほうが　いいと　思いますよ。

陳：すみません、　こちらの　A社の　タブレットを
　　1台　ください。

店員：ストレージは　512GB のに　しますか、　1TB のに
　　しますか。

陳：動画を　いっぱい　撮るかも　しれませんから、
　　1TB のに　します。

店員：お待たせしました。　お会計は　あちらで。

陳：これ、　フレームに　傷が　ついて　いますね。

店員：あっ、　申し訳ありません。　すぐ　取り替えます。

陳　　：A 公司的平板跟 B 公司的有什麼不一樣？

呂　　：A 公司的有臉部辨識功能，B 公司的沒有。

陳　　：A 公司的很輕，但比 B 公司的貴很多耶。

呂　　：嗯，B 公司的便宜，但是 < 外出 > 帶著很累。因為很重。

陳　　：你比較推薦 A 公司嗎？

呂　　：對啊。功能好，設計漂亮，我覺得買 A 公司的比較好喔。

陳　　：不好意思，請給我這個 A 公司的平板電腦一台。

店員：儲存空間要 512GB 的還是要 1TB 的呢？

陳　　：我也許會拍很多影片，所以買 1TB 的。

店員：久等了。結帳在那裡。

陳　　：這個，外框有刮傷耶。

店員：啊，對不起。馬上幫您更換。

填空題

例：ドアを　開けます　　→　ドアが　（開きます）　→　　（開いて　います）

1. 窓を　閉めます　　→　窓が　（　　　　　　　）→（　　　　　　　　　　）

2. 服を　汚します　　→　服が　（　　　　　　　）→（　　　　　　　　　　）

3. 紙を　破ります　　→　紙が　（　　　　　　　）→（　　　　　　　　　　）

4. 電気を　消します　　→　電気が（　　　　　　　）→（　　　　　　　　　　）

5. 病気を　治します　　→　病気が（　　　　　　　）→（　　　　　　　　　　）

6. 車を　駐車場に　止めます　→　車が　駐車場に（　　　　　）→（　　　　　　　）

7. 本を　机の上に　並べます　→　本が　机の上に（　　　　　）→（　　　　　　　）

8. お金を　財布に　入れます　→　お金が　財布に（　　　　　）→（　　　　　　　）

選擇題

1. 呂さんは　（　　）し、仕事も　よく　できる。
   1　真面目な　　　　2　真面目の　　　　3　真面目に　　　　4　真面目だ

2. 翔太君は　運動が　（　　）し、　それに　かっこいいです。
   1　できます　　　2　できて　　　　　3　できましょう　　4　でき

3. 頭が　痛い　時は、　早く　薬を　（　　）ほうが　いいです。
   1　飲んた　　　　2　飲んだ　　　　　3　飲みた　　　　　4　飲った

52

4. もう 夜 遅いですから、 電話を （ ）。

　　1　して　ください　　　　　　2　する　ほうが　いい

　　3　しても　いい　　　　　　　4　しない　ほうが　いい

5. あっ、 窓が （ ） いますね。 開けて ください。

　　1　閉めて　　　2　閉めって　　　3　閉まて　　　4　閉まって

6. 空に 月が （ ）ね。 綺麗ですね。

　　1　出て　います　　　　　　　　2　出ます

　　3　出して　います　　　　　　　4　出します

翻譯題

1. お酒は 体に 悪いですから、 毎日 飲まない ほうが いいですよ。

2. 物価も 安いし、 台湾にも 近いし、 日本へ 留学しましょう。

3. 事務室の 電気が ついて いないから、 みんな 帰ったと 思う。

4. 因為很危險，所以最好不要去那個國家。

5. 呂先生懂英文（わかります），日文又棒（上手です），而且很認真。

6. 錢包裡面裝有在留卡跟健保卡之類的（在留カードや 保険証など）。

28

玄関(げんかん)には　スーツケースが
置(お)いて　あります。

日文	中文	日文	中文
飾ります (動)	裝飾	どれどれ (感 /1)	我看看
置きます (動)	放置	上下 (名 /1)	上下
植えます (動)	種植	商い (名 /2)	買賣、營商
隠します (動)	藏起來	逆さま (ナ /0)	顛倒
打ちます (動)	打、接種	待ち合わせ (名 /0)	等候
決めます (動)	決定		
頼みます (動)	請託	メモ (名 /1)	便條
伝えます (動)	傳達	ワクチン (名 /1)	疫苗
冷やします (動)	弄涼	メニュー (名 /1)	菜單
起こします (動)	叫醒	レコード (名 /2)	黑膠唱片
営業します (動)	營業	ポケベル (名 /0)	Call 機
混みます (動)	人多	ガラケー (名 /0)	日本市場獨有的手機
倒れます (動)	倒下	ファクシミリ (名 /1)	傳真機
変わります (動)	變化	フリージア (名 /2)	小蒼蘭
		ドアノブ (名 /0)	門把
すべて (名 /1)	全部	ドアプレート (名 /4)	門把告示牌
いつでも (副 /1)	隨時	スーツケース (名 /4)	行李箱
よかったら (慣 /1)	不嫌棄的話就 ...。	壁 (名 /0)	牆壁

宿 （名/1）	日式旅館		撮影禁止 （名/0）	禁止攝影
定食 （名/0）	定時套餐		天地無用 （名/1-0）	請勿倒置
成績 （名/0）	成績		大学時代 （名/5）	大學時代
盆栽 （名/0）	盆栽		仮想通貨 （名/4）	虛擬貨幣
玄関 （名/1）	正門、玄關			
出前 （サ/0）	外送		※真實地名、社名與服務：	
式場 （名/0）	會場、典禮場		吉祥寺 （名/0）	吉祥寺
徐行 （サ/0）	慢行		麻布十番 （名/4）	麻布十番
掲示板 （名/0）	佈告欄、留言板		井の頭公園 （名/6）	井之頭公園
予定表 （名/0）	預定表、行程表		やよい軒 （名/3）	彌生軒餐廳
説明書 （名/0）	說明書		じゃらん （名/1）	Jalan 訂房網
姫様 （名/1）	公主、高貴女子		アマン東京 （名/4）	安縵東京
当日 （名/0）	當天		ビックカメラ （名/4）	Bic Camera 電器行
出発 （サ/0）	出發			
帰国 （サ/0）	回國		Google Map （名/5）	谷歌地圖
不可 （名/1）	不行、不可以		Bit Coin （名/4）	比特幣
地震 （名/0）	地震		Uber Eats （名/5）	優步美食
ほど （副助）	大約 ... 的程度			

～て あります （結果殘存）

　　「～て あります」亦可用於表達「結果殘存」。與上一課「句型 4」的「～て います」不同，前接帶有意志性的他動詞，表「有人做了此意志性的動作，且此動作的結果狀態直至目前為止都還殘存著（多是肉眼可見、一目瞭然的狀態）」。

例 句

・店の前には　車が　　　　　　　あります。（店門口有車。）

→店の前には　車が　止めて　あります。（店門口停有＜一台＞車子。）

・私の車は　店の前に　　　　　　あります。（我的車在店門口。）

→私の車は　店の前に　止めて　あります。（我的車停在店門口。）

・私は　店の前に　車を　止めましたから、　いつでも　出発できます。

→私は　店の前に　車を　止めて　ありますから、　いつでも　出発できます。

（店門口停好車了，隨時可以出發。）

・私は　ジュースを　冷やしましたから、　よかったら　どうぞ。

→私は　ジュースを　冷やして　ありますから、　よかったら　どうぞ。

（冰箱裡冰著果汁，不嫌棄的話請喝。）

・ドアが　開いて　います。（門開著的。）

→ドアが　開けて　あります。（＜先前有人開門，以致於現在＞門開著的。）

1. テーブル には 花 が 飾って あります。
   ドア　　　　　メモ　　　　貼って
   本棚　　　　　本　　　　　並べて

2. ゴミ は 外 に 出して あります。
   保険証　　　財布　　　　入れて
   スマホ　　　机の上　　　置いて

1. 例：資料が あります（置きます）　→ 資料が 置いて あります。
   ① 壁には 鏡が あります（掛けます）
   ② 庭には 木が あります（植えます）
   ③ ノートには 名前が あります（書きます）。

2. 例：資料を 置きました。　→ 資料を／が 置いて あります。
   ① 花を 飾りました。
   ② 窓を 閉めました。
   ③ 掲示板に 予定表を 貼りました。

3. 例：メモは どこですか。（壁に 貼りました。）
   → 壁に 貼って あります。
   ① 牛乳は どこですか。（冷蔵庫に 入れました。）
   ② 鍵は どこですか。（盆栽の 下に 隠しました。）

〜て　あります（效力殘存）

　　「〜て　あります」亦可用於表達「效力殘存」。意思是「有人做了此意志性的動作，且此動作的效力直到目前為止都還發揮著作用（多是五官無法察覺、但效力仍持續著的狀態）」。「效力殘存」的對象原則上使用助詞「を」，但亦可將其主題化。

例句

・私は　ワクチンを　打ちました。（我打了疫苗。）

→私は　ワクチンを　打って　あります。（我有打疫苗＜抗體效力仍在＞。）

→（目的語主題化）ワクチンは　もう　打って　あります。

　（疫苗我已經打了＜抗體效力仍在＞。）

・A：今晩の　メニューは　もう　決めて　ありますか。（今晚的菜單已經決定好了嗎？）

　B：いいえ、　これから　みんなで　考えます。（還沒，等一下大家一起想。）

・A：ホテルは　もう　予約しましたか。（飯店已經訂了嗎？）

　B：はい、　彼女が　もう　予約して　あります。

　（是的，我女朋友已經訂好了＜現在訂單效力是成立的＞）

・今晩は　出前を　頼んで　あるから、　早く　帰って　きてね。

　（今晚有訂外賣＜訂單仍是有效狀態＞，早點回來喔。）

1. 薬 <s>を</s>は 飲んで あります。
   方法 考えて
   説明書 読んで

2. 予定 <s>を</s>は みんなに 知らせて あります。
   タクシー 母が 予約して

1. 例：資料を 用意しましたか。

   → はい、 もう 用意して あります。

   ① 式場の 場所を 調べましたか。

   ② タクシーを 呼びましたか。

   ③ 復習しましたか。

   ④ 待ち合わせの 場所が 変わったのを 陳さんに 伝えましたか。

～と 書いて あります

第 26 課「句型 4」學習的「～と 思います」當中的「と」，用於表達判斷或意見的「內容」。本課「句型 1」學習的「～て あります」則是表動作的結果殘存。而本句型「～と 書いて あります」則是用於表達「書寫的內容」。

詢問意思時，可使用「どういう 意味ですか」詢問，回答時，則是使用「～と いう 意味です」回覆。

例 句

・あそこに ┌ 字 が ┐ 書いて あります。 （那裡寫著字。）

あそこに ┌「立入禁止」と ┐ 書いて あります。 （那裡寫著「禁止進入」）

・A：ノートに 名前が 書いて ありますね。 何と 書いて ありますか。

（筆記上有寫著名字耶。寫著什麼呢？）

B：「ダニエル・タイラー」と 書いて あります。

あっ、 これは ダニエルさんの ノートですね。

（寫著「丹尼爾・泰勒」。啊，這是丹尼爾先生的筆記。）

・A：「立入禁止」は どういう 意味ですか。 （「立入禁止」是什麼意思？）

B：ここに 入るなと いう 意味です。 （不要進來這裡的意思。）

・店の 前に 「商い中」と 書いて ある 看板が ありますね。

あれは 「今 営業して います」と いう 意味ですよ。

（店門口有寫著「商い中」的看板對吧。那是「現在營業中」的意思喔。）

1. あそこ に 「故障中」 と 書いて あります。
   地面 「徐行」
   入口 「撮影禁止」
   箱 「天地無用」

2. 「故障中」 は 壊れて いる と いう 意味です。
   「徐行」 ゆっくり 運転して ください
   「撮影禁止」 写真を 撮っては いけない
   「天地無用」 上下を 逆さまに しては いけない

1. 例:「入口」（ここから 入れ）

   → A:あそこに 「入口」と 書いて ありますね。

     あれは どういう 意味ですか。

     B:ここから 入れと いう 意味です。

   ① 「右折」（右に 曲がれ）
   ② 「直行」（まっすぐ 行け）
   ③ 「駐車禁止」（ここに 車を 止めるな）
   ④ 「禁煙」（タバコを 吸うな）

～と いうN

欲向聽話者說明一個對方不是很了解的人、物、或是場所時，可以使用「～
と いう＋名詞」的方法來述說。

例 句

・陳さんは 「ザ・タワー新宿」と いう マンションを 買いました。

（小陳買了一間叫做「The・Tower 新宿」的住宅大樓。）

・テーブルの 上には フリージアと いう 花が 飾って あります。

（桌上裝飾著一種叫做小蒼蘭的花。）

・駅前には 「やよい軒」と いう 食堂が ありますね。

あの 食堂の 定食は 美味しいですよ。

（車站前面有一間叫做「彌生軒」的食堂對吧，那間食堂的定食很好吃喔。）

・本棚に 旅行の 本が いっぱい 並んで いますね。

「クルーズの すべて」と いう 本を 取って 来て ください。

（書架上排著一堆旅行的書對吧。請幫我拿那本叫做「遊輪大全」的書過來。）

・スマホに 「Google Map」と いう アプリを ダウンロードして

あります。

（我的智慧型手機裡面裝有一個名為「谷歌地圖」的 APP。）

いつも それで 場所を 調べて います。

（我總是用它來查詢位置。）

1. これは　　レコード　　と　いう　物_{もの}です。
　　　　　ファクシミリ
　　　　　ポケベル
　　　　　ガラケー

2. 昔々_{むかしむかし}、　ある　ところに　桃太郎_{ももたろう}　と　いう　男の子_{おとここ}が　いました。
　　　　　　　　　　　　　　　　金太郎_{きんたろう}
　　　　　　　　　　　　　　　　浦島太郎_{うらしまたろう}

1.　例_{れい}：吉祥寺_{きちじょうじ}には　公園_{こうえん}が　あります。（井の頭公園_{いかしらこうえん}）
　　→　吉祥寺_{きちじょうじ}には　井の頭公園_{いかしらこうえん}と　いう　公園_{こうえん}が　あります。
　① 昨日_{きのう}、　ところへ　行きました。（下北沢_{しもきたざわ}）
　② 姫様_{ひめさま}を　知_しって　いますか。（かぐや姫_{ひめ}）
　③ 私_{わたし}の　クラスには　外国人_{がいこくじん}が　います。（リサ）
　④ 店_{みせ}で　タブレットを　買_かいました。（ビックカメラ）
　⑤ 王_{オウ}さんは　仮想通貨_{かそうつうか}に　投資_{とうし}して　います。（Bit Coin_{ビット コイン}）
　⑥ ホテルを　予約_{よやく}して　あります。（アマン東京_{とうきょう}）
　⑦ アプリで　出前_{でまえ}を　頼_{たの}みました。（Uber Eats_{ウーバー イーツ}）
　⑧ 私_{わたし}が　買_かった　マンションは、　駅_{えき}から　歩_{ある}いて　5分_{ふん}です。（麻布十番_{あざぶじゅうばん}）

本文

（路易和鄰居木村在公寓內談論事情）

木村：ルイさん、　玄関に　大きい　スーツケースが

　　　置いて　ありますね。　帰国ですか。

ルイ：いいえ、　旅行です。　明日から　3日間ほど

　　　大学時代の　友達と　温泉に　行きます。

木村：明日から　連休ですからね。

　　　宿は　もう　予約して　ありますか。

　　　連休は　かなり　混みますよ。

ルイ：いいえ、　まだ　予約して　いません。

　　　明日、　電車の　中で　みんなで　宿を　決めてから、

　　　「じゃらん」と　いう　アプリで　予約します。

木村：どれどれ？

ルイ：これです。

木村：あっ、　ここに　「当日予約不可」と

　　　書いて　ありますよ。

ルイ：あっ、　本当ですね。

66

木村：路易，玄關處放著一個大行李箱，你要回國嗎？

路易：不，是旅行。明天開始大概三天左右，要和大學時期的朋友去溫泉旅行。

木村：明天開始就連假了。你旅館已經預訂了嗎？連假會很擁擠（人很多）喔。

路易：沒有，還沒預定。明天在電車中和大家一起決定旅館後，

　　　再使用一個叫做「jalan」的 APP 預定。

木村：哪個，我看看？

ルイ：這個。

木村：啊，這裡有寫「不接受當日預定」喔。

ルイ：啊，真的耶。

填空題

例：ドアが　開いて　います。　→　（　ドアが／を　開けて　あります。　）

1. 窓が　閉まって　います。　→　（　　　　　　　　　　　　　　　）
2. 電気が　消えて　います。　→　（　　　　　　　　　　　　　　　）
3. 電気が　ついて　います。　→　（　　　　　　　　　　　　　　　）
4. 駐車場に　車が　止まって　います。→　（　　　　　　　　　　　　）
5. 本棚に　本が　並んで　います。　→　（　　　　　　　　　　　　）
6. 壁に　絵が　掛かって　います。　→　（　　　　　　　　　　　　）
7. 保険証は　財布に　入って　います。→　（　　　　　　　　　　　　）
8. 傘は　かばんから　出て　います。　→　（　　　　　　　　　　　　）

選択題

1. あれ、　教室の　電気が　（　）ね。　誰か　いるかも　しれません。
　　1　ついて　います　　　　　　　2　つけて　います
　　3　ついて　あります　　　　　　4　つきます

2. レストランを　予約して　（　）から、　今晩　一緒に　食事しましょう。
　　1　います　　　2　あります　　　3　いました　　　4　ありました

3. 地震で　ビルが　（　）。
　　1　倒れて　います　　　　　　　2　倒して　います
　　3　倒れて　あります　　　　　　4　倒して　あります

4. A：昼ご飯、　もう　食べましたか。　B：いいえ、　まだ　（　）。
　　1　食べて　いません
　　2　食べます
　　3　食べて　ありません
　　4　食べませんでした

5. 母（　）　「アマン東京」（　）　いう　ホテル（　）　予約して　あります。
　　1　が／を／と　　2　に／と／が　　3　が／と／を　　4　が／と／が

6. 「天地無用」は　　（　）　意味ですか。
　　1　なんと　　　　2　どう　　　　3　という　　　　4　どういう

翻譯題

1. ホテルの　部屋の　ドアノブに　ドアプレートが　掛けて　あります。

2. ドアプレートに　「Do Not Disturb」と　書いて　あります。

3. 「Do Not Disturb」は　「起こさないで　ください」と　いう　意味です。

4. 那裡（兩人之外處）寫著什麼呢？

5. 「使用禁止」是不可以使用（〜ては　いけません）的意思。

6. 路易先生住在一間叫做「Maison De Takada（メゾン・ド・高田）」的公寓。

Memo

29

晩ご飯は　天ぷら定食に　します。

① 〜く／に　なります／します

② 〜に　します（選択）

③ 〜は　〜に　〜を　くれます

④ 〜と　言いました

<ruby>拾<rt>ひろ</rt></ruby>います （動）	撿拾	<ruby>洋食<rt>ようしょく</rt></ruby> （名/0）	西式料理
<ruby>配<rt>くば</rt></ruby>ります （動）	分配	<ruby>親子丼<rt>おやこどん</rt></ruby> （名/0）	滑蛋雞肉飯
<ruby>盛<rt>も</rt></ruby>ります （動）	盛滿	<ruby>天<rt>てん</rt></ruby>ぷら<ruby>定食<rt>ていしょく</rt></ruby> （名/5）	天婦羅定食
<ruby>発明<rt>はつめい</rt></ruby>します （動）	發明	カレーライス （名/4）	咖喱飯
いただきます （動）	吃（敬語）		
（<ruby>駅<rt>えき</rt></ruby>が）できます （動）	車站完工	<ruby>旅行先<rt>りょこうさき</rt></ruby> （名/0）	旅行目的地
		<ruby>航空会社<rt>こうくうがいしゃ</rt></ruby> （名/5）	航空公司
<ruby>苦<rt>にが</rt></ruby>い （イ/2）	味道苦	<ruby>窓側<rt>まどがわ</rt></ruby> （名/0）	靠窗
<ruby>汚<rt>きたな</rt></ruby>い （イ/3）	骯髒、不乾淨	<ruby>通路側<rt>つうろがわ</rt></ruby> （名/0）	靠走道
<ruby>温<rt>あたた</rt></ruby>かい （イ/4）	（飲料）溫	<ruby>便<rt>びん</rt></ruby> （名/1）	班機
<ruby>丈夫<rt>じょうぶ</rt></ruby> （ナ/0）	身體健康	<ruby>絵本<rt>えほん</rt></ruby> （名/2）	兒童畫冊
<ruby>不便<rt>ふべん</rt></ruby> （ナ/1）	不方便	ぬいぐるみ （名/0）	絨毛娃娃
<ruby>半分<rt>はんぶん</rt></ruby> （名/3）	一半	<ruby>雪<rt>ゆき</rt></ruby>だるま （名/3）	雪人
<ruby>不可能<rt>ふかのう</rt></ruby> （ナ/2）	不可能	<ruby>科学者<rt>かがくしゃ</rt></ruby> （名/2）	科學家
<ruby>一生懸命<rt>いっしょうけんめい</rt></ruby> （ナ/5）	拼命努力	ペット （名/1）	寵物
<ruby>砂糖<rt>さとう</rt></ruby> （名/2）	糖	ビデオ （名/1）	錄影帶
<ruby>紅茶<rt>こうちゃ</rt></ruby> （名/0）	紅茶	パジャマ （名/1）	睡衣
<ruby>和食<rt>わしょく</rt></ruby> （名/0）	和食、日式料理	ジャケット （名/1）	夾克

ブローチ（名 /2）	胸針		元彼（名 /0） もとかれ	前男友
ヒーター（名 /1）	暖氣機		人類（名 /1） じんるい	人類
タイムマシン（名 /5）	時光機器		最大（名 /0） さいだい	最大
クッキー（名 /1）	餅乾		文句（名 /1） もん く	抱怨、不滿
チョコレート（名 /3）	巧克力		健康（名 /0） けんこう	健康
コーヒー豆（名 /3） まめ	咖啡豆		ちょうだい（サ /3）	給（我）、領受
ティーパック（名 /3）	茶包		結婚式（名 /3） けっこんしき	結婚典禮
ワンサイズ（名 /3）	（大）一號		学校教育（名 /5） がっこうきょういく	學校教育
籠（名 /0） かご	籃子、籠子		株主優待券（名 /7） かぶぬしゆうたいけん	股東招待卷
音（名 /2） おと	聲音		絶対に（副 /0） ぜったい	絕對
景気（名 /0） けい き	景氣		この間（名 /0） あいだ	前一陣子、上次
金利（名 /0） きん り	利率		ぜひ（副 /1）	務必、一定
複利（名 /2） ふく り	複利			
成功（サ /0） せいこう	成功		※真實地名與社名：	
懐疑（サ /1） かい ぎ	懷疑		エールフランス （名 /5）	法航
警察（名 /0） けいさつ	警察		ブラジル（名 /0）	巴西
			成田（名 /1） なり た	成田
同僚（名 /0） どうりょう	同事		羽田（名 /0） はね だ	羽田

～く／に　なります／します

　　「なります」為「變成、成為」之意；「します」為「把...弄成」之意。

　　動詞為「なります」時，以「Aが（は）　B　なります」的型態，來表示主體 A 本身無意識地發生變化，變成了 B 的狀態。

　　動詞為「します」時，以「Xが（は）　Aを　B　する」的型態，來表示動作者 X 有意志性地利用自己的力量，讓主體 A 產生變化，變成了 B 的狀態。

　　B 可為「名詞＋に」或者「イ形容詞語幹＋く／ナ形容詞語幹＋に」。

例句

・私は　部屋を　明るく　しました。（我把房間弄明亮了。）
　　部屋が　明るく　なりました。（房間變明亮了。）

・彼は　教室を　綺麗に　しました。（他把教室掃乾淨了／變漂亮了。）
　　教室が　綺麗に　なりました。（教室變乾淨／漂亮了。）

・私は　息子を　先生に　しました。（我把兒子栽培成老師了。）
　　息子が　先生に　なりました。（我兒子變成／成為老師了。）

・新しい　駅が　できましたから、　この　町は　便利に　なりました。

　（新的車站完工／蓋好了，所以這個地方變方便了。）

・エアコンを　つけて、　部屋を　涼しく　して　ください。

　（請開空調，把房間弄涼。）

1. 翔太君は、
   | 髪が 長く |
   | 成績が よく |
   | 体が 丈夫に |
   | 大学生に |
   なりました。

2. 翔太君は、
髪	を	短く
体		悪く
部屋		綺麗に
拾った 猫		ペットに
   しました。

1. 例：ゆっくり 休みました・元気です

   → ゆっくり 休みましたから、 元気に なりました。

   ① 年を 取りました・目が 悪いです
   ② 金利が 下がりました・不動産の 価格が 高いです
   ③ 一生懸命 働きました・社長です

2. 例：この コーヒーは 苦いです・砂糖を 入れます・甘いです

   → この コーヒーは 苦いですから、 砂糖を 入れて 甘く します。

   ① 部屋が 汚いです・掃除を します・綺麗です
   ② この 町は 不便です・新しい 駅を 作ります・便利です
   ③ 景気が 悪いです・お金を 配ります・みんなが お金持ちです

～に　します（選擇）

　　有別於「句型 1」表達「有意志性地促使 A 產生變化」的「X は　A を
B に　します」，本句型「～に　します」用於表達「某人有意識地從兩個以
上的事物、選項當中，挑選出、決定其中一個」。

　　「に」的前方除了可以是名詞以外，亦可接續疑問詞或助詞「から、ま
で」。若前接形容詞，則必須加上「の」。

例 句

・晩ご飯は　天ぷら定食に　します。（晚餐我要吃天婦羅定食。）

・吉田：俺、　天丼に　するけど、　松本さんは　何に　する？
　（我要點炸蝦蓋蓋飯，松本你要點什麼。）
　松本：私は　親子丼です。（我要點親子丼／滑蛋雞肉飯。）

・どれに　しようかな。これが　かわいいわ。　これに　する。
　（到底要選哪一個呢。這個很可愛，那選這個好了。）

・雨だから、　サッカーの　練習は　午後からに　する。
　（因為在下雨，所以決定下午開始練足球。）

・これ、　ちょっと　小さいわ。　ワンサイズ　大きいのに　します。
　（這個的話有點小。我選再大一號的。）

1. 私(わたし)は　これ　　　　に　しますが、　あなたは　どれ　　　に　しますか。
   カレーライス　　　　　　　　　　　　　　　　何(なに)
   この　席(せき)　　　　　　　　　　　　　　　　どの　席(せき)

2. タブレットは　A社(しゃ)の　　　　　に　します。
   画面(がめん)が　大(おお)きいの
   iPad(アイパッド)

1. 例(れい)：飲(の)み物(もの)・何(なに)（お茶(ちゃ)）
   → A：飲(の)み物(もの)は　何(なに)に　しますか。　　B：お茶(ちゃ)に　します。
   ① 旅行先(りょこうさき)・どこ（パリ）
   ② どの　航空会社(こうくうがいしゃ)（エールフランス）
   ③ 出発(しゅっぱつ)・いつ（来月(らいげつ)の　8日(ようか)）
   ④ どの　クラス（ファーストクラス）

2. 例(れい)：朝(あさ)の　便(びん)と　夜(よる)の　便(びん)と、　どちらに　しますか。（朝(あさ)の　便(びん)）
   → 朝(あさ)の　便(びん)に　します。
   ① ご出発(しゅっぱつ)は　成田(なりた)からに　しますか、　羽田(はねだ)からに　しますか。（羽田(はねだ)）
   ② お食事(しょくじ)は　和食(わしょく)に　しますか、　洋食(ようしょく)に　しますか。（洋食(ようしょく)）
   ③ 座席(ざせき)は　通路側(つうろがわ)と　窓側(まどがわ)と、　どちらに　しますか。（窓側(まどがわ)）
   ④ パジャマは　大(おお)きいのと　小(ちい)さいのと、　どちらに　しますか。
     （小(ちい)さいの）

77

～は　～に　～を　くれます

　　我們曾經於「初級 3」第 14 課學習了「あげます」（給出去）、「もらいます」（收到、得到）兩個動詞。這裡則是學習日語中另一個授受動詞「くれます」。

　　「くれます」的動作主體為「他人」，表示他人給「自己」或「自己人」物品。因此表動作主體的「が」或「は」，前方一定不會是第一人稱「私」。而表接受者的「に」前方一定是「私（我自己）」或者「自己人」。

例句

・ルイさんは　（私に）　旅行の　お土産を　くれました。
　（路易先生給了我旅行的土產／紀念品。）

・山田さんは　娘に　ぬいぐるみを　くれました。（山田小姐給我女兒絨毛娃娃。）

・A：かわいい　ブローチですね。（好可愛的胸針喔。）
　B：これ、　誕生日の　時に　彼氏が　くれました。
　（這是生日的時候，男朋友給我的。）

・これ、　くれるの？　ありがとう。（の：L24）
　（這要給我喔，謝謝。）

・冷蔵庫に、　王さんが　くれた　ケーキが　入って　いるから
　一緒に　食べよう。（冰箱裡面有王先生給的蛋糕，一起吃吧。）

1. 私（わたし）は　呂（ロ）さんに　お金（かね）を　あげました。
　　私（わたし）　　林（リン）さん　　花（はな）　　　もらいました。
　　王（オウ）さん　（私（わたし））　　辞書（じしょ）　　くれました。

2. 吉田（よしだ）さんは　私（わたし）に　　クリスマスカード　　を　くれました。
　　　　　　　　　　　妻（つま）　　　　ブラジルの　コーヒ豆（まめ）
　　　　　　　　　　　息子（むすこ）　　サッカーボール

3. これは　ルイさん　　　が　くれた　ワイン　　　です。
　　　　　ダニエルさん　　　　　　　ティーパック
　　　　　王（オウ）さん　　　　　　　お菓子（かし）

1. 例（れい）：私（わたし）は、　林（リン）さんから　花（はな）を　もらいました。
　　→　林（リン）さんは、　私（わたし）に　花（はな）を　くれました。
　① 私（わたし）は、　春日（かすが）さんから　チョコレートを　もらいました。
　② 夫（おっと）は、　松本（まつもと）さんから　株主優待券（かぶぬしゆうたいけん）を　もらいました。
　③ 妻（つま）は、　木村（きむら）さんから　子供（こども）の　絵本（えほん）を　もらいました。
　④ 父（ちち）は、　加藤（かとう）さんから　古（ふる）い　ビデオを　もらいました。
　⑤ 母（はは）は、　山本（やまもと）さんから　要（い）らない　服（ふく）を　もらいました。
　⑥ 娘（むすめ）は、　同級生（どうきゅうせい）から　おもちゃを　もらいました。（※娘（むすめ）の　同級生（どうきゅうせい）は〜）

〜と　言いました

　　此句型用於「引用」別人講過的話，因此以過去式「〜と　言いました」
的型態呈現。前方除了可以是動詞句外，亦可以是形容詞句或是名詞句。

例句

・科学者たちは、　タイムマシンを　発明したと　言いました。

（科學家們說，他們發明了時光機器。）

・大統領は、　科学者たちは　タイムマシンを　発明したと　言いました。

（總統說，科學家們發明了時光機器。）

・私は　警察に、　あの人が　犯人だと　言いました。　（我跟警察說那個人是犯人。）

・警察は、　あの人は　犯人ではないと　言いました。　（警察說那個人不是犯人。）

・妻は、　これは　王さんが　くれた　ワインだと　言いました。

（老婆說這是王先生給的紅酒。）

・隣の　人は　息子に、　「うるさい。　静かに　しろ」と　文句を　言いました。

（隔壁鄰居對我兒子說「吵死了，安靜一點」這樣的抱怨。）

・お金を　くれると　言ったよね。　ちょうだい。

（你有說要給我錢喔。拿來。）

1. 私は　友達に、　明日は　パーティーに　行く　　　と　言いました。
　　　　　　　　　絶対に　あの人と　結婚しない
　　　　　　　　　元彼の　結婚式には　行かなかった
　　　　　　　　　ハワイへ　遊びに　行きたい
　　　　　　　　　子供を　育てるのは　難しい
　　　　　　　　　学校教育は　時間の　無駄だ
　　　　　　　　　もっと　頑張れ、　諦めるな
　　　　　　　　　一緒に　雪だるま（を）　作ろう

1. 例：アインシュタイン：「複利は　人類最大の　発明です」
　　→　アインシュタインは、　複利は　人類最大の　発明だと　言いました。
　① エジソン：「失敗は　成功の　母です」
　② ガリレオ：「懐疑は　発明の　父です」
　③ 昔の人：「卵は　一つの　籠に　盛るな」
　④ ナポレオン一世：「私の　辞書には　不可能と　いう　言葉は　ありません」

2. 例：A：「あなたが　好きです。」　B：「結婚して　ください。」
　　→　B：私が　好きだと　言ったよね。　結婚して。
　① A：「お腹が　空きました。」　B：「これを　食べて　ください。」
　② A：「頭が　痛いです。」　B：「この　薬を　飲んで　ください。」
　③ A：「今日、　会議が　あります。」
　　 B：「早く　会社へ　行って　ください。」
　④ A：「部屋を　片付けます。」　B：「今すぐ　やって　ください。」

（山田小姐到林小姐家聊天）

山田：午後に　なって、　寒く　なって　きましたね。

林　：ヒーターを　つけて　部屋を　暖かく　しましょうか。

山田：大丈夫です。　ジャケットを　持って　いますから。

林　：何か　温かい　飲み物でも　いかがですか。

山田：いいですね。　ありがとう　ございます。

林　：何が　いいですか。　コーヒーに　しますか、

　　　紅茶に　しますか。

山田：じゃあ、　紅茶で　お願いします。

林　：あっ、　そうだ。　この間　クッキーが　好きだと

　　　言いましたよね。

　　　同僚から　もらった　イギリスの　クッキーが

　　　ありますよ。　いかがですか。

山田：ぜひ！　いただきます。

山田：到了下午，越來越冷了。

林　：要不我來開暖氣把房間弄暖和吧。

山田：不用了。我有帶夾克。

林　：要不要喝一些什麼熱飲之類的啊。

山田：好啊。謝謝。

林　：你想要什麼。咖啡嘛？還是紅茶。

山田：那麻煩給我紅茶（就好）。

林　：啊，對了。前一陣子你說你喜歡餅乾對吧。有同事給我的英國的餅乾喔，
　　　要不要來一些。

山田：我一定要嚐嚐看。

填空題

1. 部屋の　電気（　）　暗く　します。

2. ルイさんは　日本語（　）　上手に　なりましたね。

3. 駅の　近くに　新しい　デパート（　）　できました。

4. 昼ご飯は　お寿司（　）　します。

5. これは、　母（　）　くれた　財布です。

6. 吉田さんは、　私（　）　お土産を　くれました。

7. 私は、　吉田さん（　）　お土産を　もらいました。

8. お土産を　くれる（　）　言ったよね。

選擇題

1. 明菜ちゃんは　以前より　（　）　なりましたね。
   1 美しに　　　　2 美しいく　　　　3 美しく　　　　4 美しいに

2. うるさい！　テレビの　音（　）　ください。
   1 が　小さく　して　　　　　　　2 が　小さく　なって
   3 を　小さく　して　　　　　　　4 を　小さく　なって

3. 友達（　）、　有名な　店で　買った　ケーキを　くれました。
   1 を　　　　　2 に　　　　　3 が　　　　　4 から

4. 新しい パソコンを 買ったから、 古いのは 弟 （ ） あげた。

　　1　を　　　　　　2　が　　　　　　3　に　　　　　　4　から

5. おじいちゃんは 健康が 一番 （ ） と 言いました。

　　1　大事だ　　　　2　大事な　　　　3　大事に　　　　4　大事で

6. 出張は 何時の 電車 （ ） か。

　　1　が　なります　2　が　します　　3　を　します　　4　に　します

翻譯題

1. この コーヒーは 濃すぎますから、 味を 薄くして ください。

2. 同僚が くれた ケーキを みんなで 食べました。

3. 今度、 お食事でも いかがですか。

4. 你晚餐想吃什麼？

5. 我對小陳說加油！

6. 這是我男朋友給我的生日禮物。很棒對吧！

30

くうこう
空港まで 連れて 行って くれました。

1. ～て あげます

2. ～て もらいます

3. ～て くれます

4. ～て くれませんか

編みます（動）	編織
描きます（動）	畫（圖）
誘います（動）	邀約
困ります（動）	困擾
直します（動）	修改、修理
おごります（動）	請客
拭きます（動）	擦拭
助けます（動）	幫助
連れます（動）	帶領
診ます（動）	看病、看診
転校生（名/3）	轉學生
新入生（名/3）	新生
新入社員（名/5）	新進員工
知り合い（名/0）	認識的人
芸能人（名/3）	藝人
弁護士（名/3）	律師
秘書（名/1）	秘書

奥様（名/1）	夫人（尊稱他人妻子）
状況（名/0）	狀況
理由（名/0）	理由
問題（名/0）	問題
顔色（名/0）	臉色、氣色
間違い（名/3）	錯誤
地元（名/0）	當地
歴史（名/0）	歷史
結婚記念日（名/6）	結婚紀念日
バレンタインデー（名/5）	情人節
空港（名/0）	機場
航空券（名/3）	機票
空気（名/1）	空氣
冷房（名/0）	冷氣設備
コピー機（名/2）	影印機

バツイチ（名 /2）	離過一次婚	
ホームステイ（名 /5）	寄宿家庭	
ペンダント（名 /1）	耳環、項鍊等吊飾	
セーター（名 /1）	毛衣	

※真實地名與品牌：

オーストラリア（名 /5）	澳大利亞、澳洲
シャネル（名 /1）	香奈兒

強い（イ /2） つよ	強、有利
弱い（イ /2） よわ	弱、軟弱
詳しい（イ /3） くわ	詳細的
久しぶり（ナ /0） ひさ	久違、隔好久
いろいろ（副 /0）	各種各樣
〜先（接尾） さき	去 ... 的目的地

〜て　あげます

　　「初級 3」第 14 課句型 3 所學習的「あげます」，用於表示給予「實質物品」。而本句型「〜て　あげます」則是用於表達給予「行為」上的幫助。當「說話者或說話者己方的人，為他方做某行為」時，就會使用這樣的形式。

例句

・私は　友達に　お金を　貸して　あげました。（我借錢給朋友。）

・私は　外国人に　道を　教えて　あげました。（我為外國人指引報路。）

・姉は　恋人に　セーターを　編んで　あげました。（姊姊織了毛衣給她男朋友。）

・先週、　彼氏に　料理を　作って　あげた。（上個星期，我為男朋友做了料理。）

・私は　妹の　宿題を　見て　あげた。（我幫妹妹看她的作業。）

・A：結婚記念日に、　奥様に　何を　して　あげますか。

　（結婚紀念日時，你要為老婆做什麼事呢？）

　B：（妻を）　ハワイへ　連れて　行って　あげます。

　（帶她去夏威夷。）

1. 私は　翔太君に、　お土産　　　　　　を　　買って　　　　　あげました。
　　　　　　　　　　　　地図　　　　　　　　　描いて
　　　　　　　　　　　　ピザの　作り方　　　　教えて
　　　　　　　　　　　　旅行の　写真　　　　　見せて
　　　　　　　　　　　　今の　状況　　　　　　説明して

2. 私は、　　友達　　　　　　　　を　駅まで　送って　　　　　あげました。
　　　　　　転校生　　　　　　　　　研究室まで　案内して
　　　　　　翔太君　　　　　　　　　パーティーに　誘って
　　　　　　困って　いる　人　　　　助けて

3. 私は、　弟　　　の　作文　を　直して　　　　あげました。
　　　　　翔太君　　　服　　　　　洗って
　　　　　彼女　　　　かばん　　　持って
　　　　　彼氏　　　　部屋　　　　掃除して

1. 例：道を　教えました。（外国人に）
　　→　私は、　外国人に　道を　教えて　あげました。
　① 知り合いの　芸能人を　紹介しました。（ルイさんに）
　② 空港まで　連れて　行きました。（王さんを）
　③ パソコンを　修理しました。（呂さんの）
　④ 遊びました。（親戚の　子供と）

～て　もらいます

　　「初級 3」第 14 課句型 4 所學習的「あげます」用於表示得到「實質物品」。而本句型「～て　もらいます」則是用於得到對方所做的「行為」。當「說話者或說話者己方的人，請他方為自己做某行為」或「他方為說話者或說話者己方施行某行為」，且說話者感到恩惠時，就會使用這樣的形式。

例句

- 私は　陳さんに、　日本語の　辞書を　貸して　もらいました。
  （我請小陳借我日文字典／小陳借我日文字典。）

- 私は　いつも、　友達に　助けて　もらって　います。
  （我總是請朋友幫忙我／朋友總是幫我的忙。）

- 私は　ダニエルさんに、　英語の　間違いを　直して　もらった。
  （我請丹尼爾先生幫我改英文的錯誤／丹尼爾先生糾正了我英文的錯誤。）

- 呂さんは　受付の　人に、　書類を　書いて　もらいました。
  （呂先生請櫃檯的人幫他填寫文件／櫃檯的人幫呂先生填寫文件。）

- A：明日、　どうやって　空港へ　行きますか。（明天你怎麼去機場？）
  B：彼氏に　送って　もらいます。（請男朋友送我去。）

1. 私は　翔太君に、　　日本語を　教えて　　　　　　　　もらいました。
　　　　　　　　　　　　仕事を　手伝って
　　　　　　　　　　　　駅まで　連れて　行って
　　　　　　　　　　　　かばんを　持って
　　　　　　　　　　　　学校を　案内して
　　　　　　　　　　　　学校に　来なかった　理由を　説明して

2. 引っ越し　　　、　　友達　　に　　手伝って　　もらった　ほうが　いいですよ。
　　この　問題　　　　　吉田さん　　教えて
　　明日の　会議　　　　山田さん　　来て

1. 例：新しい　スマホを　買いました。（彼氏に）
　　→　A：誰に　新しい　スマホを　買って　もらいましたか。
　　　　B：彼氏に　買って　もらいました。
　　① 弁護士を　紹介しました。（吉田さんに）
　　② 航空券を　予約しました。（秘書に）
　　③ 警察を　呼びました。（受付の　人に）

2. 例：お誕生日に、　彼女に　何を　して　もらいましたか。
　　（料理を　作りました）　→　料理を　作って　もらいました。
　　① バレンタインデーに、　彼氏に　何を　して　もらいましたか。
　　（レストランに　食事に　連れて　行きます）

～て　くれます

　　「進階1」第29課句型3所學習的「くれます」用於表示他方給予我方「實質物品」。本項文法學習的「～て　くれます」則是用於表達他方給予我方「行為」上的幫助。當「他方（主動）為我方做某行為」，且說話者感到恩惠時，就會使用這樣的形式。

例句

・友達は、　（私に）　お金を　貸して　くれました。（朋友借錢給我）

・観光案内所の　人が、　（私に）　道を　教えて　くれました。
　（旅客服務中心的人為我報了路。）

・兄の　恋人は、　兄に　セーターを　編んで　くれました。
　（哥哥的女朋友織了件毛衣給哥哥。）

・王さんは、　クラスの　みんなに　中華料理を　作って　くれました。
　（小王為班上同學做了中華料理。）

・A：誰が　日本語の　間違いを　直して　くれましたか。
　（是誰幫你糾正日文錯誤的。）
　B：日本人の　友達が　直して　くれました。（我的日本人朋友幫我改的。）

・シャネルの　かばんを　買って　くれると　言ったよね。　今、　買ってよ。
　（你之前不是說你要買香奈兒的包包給我。現在買給我啊！）

1. 翔太君は、　（私に）　誕生日プレゼント　を　買って　くれました。
日本語　　　　　教えて
宿題の　答え　　見せて
友達　　　　　　紹介して

2. 翔太君は、　私　　　　を　駅まで　送って　くれました。
(私の)母　　　　　教室まで　案内して
(私の)弟　　　　　助けて

3. 翔太君は、　私　　の　荷物　を　運んで　くれました。
私　　　　　かばん　　　持って
(私の)妹　　作文　　　　直して
(私の)父　　パソコン　　修理して

1. 例：お金を　貸しました。（陳さん）
　→　陳さんは、　お金を　貸して　くれました。
① 学校を　案内しました。（ジャックさん）
② 料理を　おごりました。（友達）
③ 娘に　ぬいぐるみを　買いました。（吉田さん）
④ 妹を　駅まで　送ります。（陳さん）
⑤ うちの　犬を　散歩に　連れて　行きます。（ルイさん）
⑥ バツイチの　私と　結婚しました。（彼）
⑦ 留学ビザに　ついて　いろいろ　調べました。（翔太君）

〜て　くれませんか

　　此為請求對方為自己做某事的表現。敬體時，除了使用「〜て　くれませんか」以外，亦可使用更有禮貌的「〜て　くださいませんか」。常體時，則可以使用「〜て　くれない？」的形式表達。

例句

・急いで　会議室まで　資料を　持って　きて　くれませんか。
　（你能幫我快去會議室拿資料嗎？）

・すみませんが、　もう　一度　言って　くださいませんか。
　（不好意思，你能再講一次嗎？）

・空気が　悪いな。　窓を　開けて　くれませんか。
　（空氣好糟啊。你能＜為我＞開窗戶嗎？）

・これ、　貸して　くれる？（這個，你能借我嗎？）

・ごめん。　~~（私を）~~　駅まで　送って　くれない？
　（抱歉。你能不能送我到車站？）

・ごめん。　妹を　駅まで　送って　くれない？
　（抱歉。你能不能送我妹妹到車站？）

1. コピー機の　使い方を　教えて　　ください ませんか。
　 私の　作文を　直して
　 仕事を　手伝って
　 日本語を　教えて
　 助けて

2. すみませんが、　彼女を　　　　　　　　　　案内して　くれませんか。
　　　　　　　　　息子を　駅まで
　　　　　　　　　学校を
　　　　　　　　　新入生を　連れて　学校を

1. 例：お金を　1万円ほど　貸します。
　　→　お金を　1万円ほど　貸して　くれない？
　① いい　弁護士を　紹介します。
　② 会議は　午後に　します。
　③ 冷房を　少し　弱く　します。
　④ 会場までの　地図を　描きます。
　⑤ 銀行に　行って　お金を　下ろして　きます。
　⑥ さっき　撮った　写真を　LINE で　送ります。
　⑦ それに　ついて、　もっと　詳しく　説明します。
　⑧ この　スーツケースを　玄関まで　持って　行きます。

（英語補習班的老師在跟翔太君講話）

先生：翔太君、　久しぶりですね。

オーストラリアでの　短期留学、　どうでしたか。

翔太：１ヶ月は　短かったですが、　楽しかったです。

先生：ホームステイ先の　家は　空港から

遠かったでしょう？　どうやって　行きましたか。

翔太：ホームステイ先の　家族が　空港まで　迎えに

来て　くれました。

それから、　町も　案内して　くれて、

とても　親切な　家族でした。

先生：へえ。　他に　何か　して　もらいましたか。

翔太：はい。　地元の　料理を　作って　くれたり、

町の　歴史に　ついて、　説明　して　くれたり

しました。　（※註）

いろいろ　親切に　して　くれましたから、　私は

時間が　ある　時、　ホームステイの　家族の　子供の

面倒を　見て　あげました。

先生：とても　いい　話ですね。

この　話を　クラスで　みんなに　話して　くれませんか。

※註：（○）地元の　料理を　作ったり、　町の　歴史に　ついて　説明したり　して　くれました。

老師：翔太君，好久不見。在澳洲的短期留學，如何呢？

翔太：一個月太短了，但很開心。

老師：寄宿家庭離機場很遠對吧。你怎麼去的呢？

翔太：寄宿家庭的人來機場迎接我的。

　　　然後，他們還為我介紹城市，是個很親切的家庭。

老師：喔！你還有請他們為你做了什麼嗎？

翔太：有。他們為我做了當地的料理，以及說明了當地的歷史給我聽。

　　　因為他們待我很親切，所以我有空的時候，就幫寄宿家庭照顧

　　　他們的孩子。

老師：這真是個好故事（事情）。可以在班上把這件事講給同學們聽嗎？

填空題

1. 結婚記念日に、 妻（　） ペンダントを 買って あげました。

2. 結婚記念日に、 妻（　） 料理を 作って くれました。

3. 昨日、 同僚（　） 駅まで 送って くれました。

4. 昨日、 同僚（　） 駅まで 送って もらいました。

5. 翔太君は いつも、 私（　） 机を 拭いて くれて います。

6. その 件に ついては、 王さん（　） 調べて もらった 方が いいよ。

7. 彼は、 母（　） 私の 研究室（　） 案内して くれました。

8. 暇だから、 隣の 子供（　） 遊んで あげた。

選擇題

1. いつも 日本人の 友達（　） 日本語（　） 教えて もらって います。

   1　に／を　　　　2　を／に　　　　3　が／を　　　　4　を／が

2. 受付の 人が、 私たち（　） 会場まで 案内して くれました。

   1　は　　　　　2　の　　　　　3　に　　　　　4　を

3. 暑いですね。 エアコンを （　）。

   1　つけましょうか　　　　　　　2　つけて あげましょうか

   3　つきましょうか　　　　　　　4　ついて くれませんか

4. 日本人の 友達が、 私に 日本語を 教えて （ ）。

　　1　あげました　　2　くれました　　3　もらいました　　　4　いました

5. 渡辺社長 （ ）、 知り合いの 弁護士を 紹介して もらいました。

　　1　を　　　　　　2　が　　　　　　3　に　　　　　　　4　と

6. 昨日、 新入社員 （ ） あげた。

　　1　を　駅まで　送って　　　　　　2　に　会社を　案内して
　　3　を　仕事を　手伝って　　　　　4　に　荷物を　運んで

翻譯題

1. 彼は、 私の ことが 好きだと 言って くれました。

2. ごめん。 ルイさんを 駅まで 迎えに 行って くれない？

3. 顔色が 悪いですね。 医者に 診て もらった ほうが いいですよ。

4. 我請林小姐給我看她的新智慧型手機。

5. 我為弟弟導覽東京（案内します）。

6. 女朋友為我泡了咖啡（入れます）。

填空題

1. 男友達（おとこともだち）：明日（あした）、 うちへ 遊（あそ）びに 来（こ）い（　　）。

2. 車（くるま）（　　） ここ（　　） 止（と）めるな！

3. 荷物（にもつ）、 私（わたし）が 持（も）と（　　）か。

4. 車（くるま）だ！ 気（き）（　　） つけろ！

5. A：陳（チン）さんは、 今日（きょう） 来（き）ますか。 B：ええ、 たぶん （　　）でしょう。

6. 彼（かれ）は あなた（　　） 他（ほか）の 男性（だんせい）と キスしたのを 知（し）らないでしょう？

7. あの 候補者（こうほしゃ）は、 大統領（だいとうりょう）に なる（　　） しれません。

8. 今回（こんかい）の 事件（じけん）（　　） ついて、 どう 思（おも）いますか。

9. 犯人（はんにん）は 彼（かれ）（　　）と 思（おも）うよ。

10. 彼女（かのじょ）は 優（やさ）しい（　　）、 料理（りょうり）も 上手（じょうず）だ（　　）、
    それに 美人（びじん）です。

11. 服（ふく）は 買（か）う 前（まえ）に、 着（き）て みた ほう（　　） いいです。

12. あれ？ この コピー機（き）、 壊（こわ）れて （　　） ますよ。

13. 月（つき）（　　） 出（で）て いますが、 星（ほし）（　　） 出（で）て いません。

14. コーヒーを　入_いれて　（　　）ますから、　よかったら　どうぞ。

15. 部屋_{へや}（　　）は　空気清浄機_{くうきせんじょうき}が　置_おいて　あります。

16. 予定表_{よていひょう}に　「会議_{かいぎ}は　3時_じから」（　　）　書_かいて　ありますよ。

17. ルイさんは　「メゾン・ド・高田_{たかだ}」（　　）　いう　アパートに　住_すんで
います。

18. 飲_のみ物_{もの}は　何_{なに}（　　）　しますか。

19. 値段_{ねだん}を　もっと　安_{やす}（　　）　して　くださいよ。

20. ご飯_{はん}の　量_{りょう}を　半分_{はんぶん}（　　）　して　ください。

21. お金_{かね}（　　）　貸_かして　くれる（　　）　言_いったよね。　貸_かせよ！

22. 鈴木_{すずき}さんは、　荷物_{にもつ}（　　）　運_{はこ}んで　くれました。

23. 陳_{チン}さん（　　）　引_ひっ越_こしを　手伝_{てつだ}って　もらいました。

24. 私_{わたし}は、　彼氏_{かれし}（　　）　部屋_{へや}を　掃除_{そうじ}して　あげました。

選擇題

01. この 野郎<ruby>野<rt>や</rt></ruby><ruby>郎<rt>ろう</rt></ruby>！ （ ）！
  1 <ruby>死<rt>し</rt></ruby>にえ　　　　2 <ruby>死<rt>し</rt></ruby>ね　　　　3 <ruby>死<rt>し</rt></ruby>にれ　　　　4 <ruby>死<rt>し</rt></ruby>ぬれ

02. <ruby>毒<rt>どく</rt></ruby>が <ruby>入<rt>はい</rt></ruby>って いるから （ ）！
  1 <ruby>飲<rt>の</rt></ruby>むな　　　　2 <ruby>飲<rt>の</rt></ruby>もうな　　　3 <ruby>飲<rt>の</rt></ruby>めな　　　4 <ruby>飲<rt>の</rt></ruby>めろ

03. ねえ、 <ruby>一緒<rt>いっしょ</rt></ruby>に （ ）！
  1 <ruby>遊<rt>あそ</rt></ruby>びよう　　2 <ruby>遊<rt>あそ</rt></ruby>べよ　　　3 <ruby>遊<rt>あそ</rt></ruby>ぼう　　　4 <ruby>遊<rt>あそ</rt></ruby>べよ

04. <ruby>明日<rt>あした</rt></ruby>から <ruby>暑<rt>あつ</rt></ruby>く なる（ ）。
  1 だったろう　　2 だろう　　　3 だっただろう　　4 だろ

05. A：あの <ruby>人<rt>ひと</rt></ruby>（ ） どう <ruby>思<rt>おも</rt></ruby>う？　　B：<ruby>嫌<rt>いや</rt></ruby>な <ruby>人<rt>ひと</rt></ruby>だと <ruby>思<rt>おも</rt></ruby>う。
  1 に　　　　　2 が　　　　　3 を　　　　　4 で

06. ルイさんは、 うちに （ ） かも しれない。
  1 いて　　　　2 います　　　3 いよう　　　4 いない

07. リサさんは <ruby>料理<rt>りょうり</rt></ruby>も （ ）し、 <ruby>美人<rt>びじん</rt></ruby>ですし、 それに <ruby>優<rt>やさ</rt></ruby>しいです。
  1 できます　　2 できて　　　3 できましょう　　4 でき

08. <ruby>明日<rt>あした</rt></ruby>は <ruby>早<rt>はや</rt></ruby>いですから、 <ruby>早<rt>はや</rt></ruby>く （ ）ほうが いいですよ。
  1 <ruby>寝<rt>ね</rt></ruby>て　　　　2 <ruby>寝<rt>ね</rt></ruby>た　　　　3 <ruby>寝<rt>ね</rt></ruby>ろ　　　　4 <ruby>寝<rt>ね</rt></ruby>よ

09. あっ、 服が （ ） いますね。 洗いましょうか。

   1 汚して　　　　　2 汚れて　　　　　3 汚く　　　　　　4 汚に

10. 出前を 頼んで （ ） から、 今晩 一緒に 食事しましょう。

   1 います　　　　　2 あります　　　　3 します　　　　　4 なります

11. 地震 （ ） アパートが 倒れて います。

   1 は　　　　　　　2 を　　　　　　　3 に　　　　　　　4 で

12. A：晩ご飯、 もう 食べた？ B：いいえ、 まだ （ ）。

   1 食べて ない　2 食べた　　　　3 食べる　　　　4 食べるな

13. 「立入禁止」は （ ） 意味ですか。

   1 なんと　　　　　2 どう　　　　　　3 という　　　　　4 どういう

14. 翔太君は （ ） なりましたね。

   1 かっこいいに　2 かっこいく　　3 かっこよくに　4 かっこよく

15. 友達は、 自分の 住んで いる 町 （ ） 案内して くれた。

   1 に　　　　　　　2 を　　　　　　　3 が　　　　　　　4 の

16. すみませんが、 消しゴムを （ ） ませんか。

   1 貸して くれ　　　　　　　　　2 貸して もらい

   3 借りて くれ　　　　　　　　　4 借りて もらい

17. 私は　ルイさん（　）、　漢字の　書き方（　）　教えて　あげた。

   1　を／に   2　に／を   3　の／が   4　を／が

18. 私は　ルイさん（　）、　料理の　作り方（　）　教えて　もらった。

   1　を／に   2　に／を   3　の／が   4　を／が

19. 時間が　ありませんから、　同僚（　）　やって　もらいました。

   1　に   2　の   3　を   4　が

20. 自分で　できませんから、　同僚（　）　やって　くれました。

   1　に   2　の   3　を   4　が

填空題

ない形	ます形	て形	た形	原形	禁止形	命令形	意向形
行かない	行きます	行って	行った	行く	行くな	行け	行こう
	言います						
		待って					
			作った				
				死ぬ			
					呼ぶな		
						飲め	
							書こう
	泳ぎます						
		消して					
			来た				

日本語 - 06

穩紮穩打日本語 進階 1

編　　　　著　目白 JFL 教育研究会
代　　　　表　TiN
排　版　設　計　想閱文化有限公司
總　編　輯　田嶋 恵里花
發　行　人　陳郁屏
插　　　　圖　想閱文化有限公司
出　版　發　行　想閱文化有限公司
　　　　　　　屏東市 900 復興路 1 號 3 樓
　　　　　　　Email：cravingread@gmail.com
總　經　銷　大和書報圖書股份有限公司
　　　　　　　新北市 242 新莊區五工五路 2 號
　　　　　　　電話：(02)8990 2588
　　　　　　　傳真：(02)2299 7900
初　版　2024 年 03 月
定　價　280 元
I　S　B　N　978-626-97662-1-5

國家圖書館出版品預行編目 (CIP) 資料

穩紮穩打日本語 . 進階 1/ 目白 JFL 教育研究会編著 . -- 初版 . --
屏東市 : 想閱文化有限公司 , 2024.01
　面；　公分 . -- (日本語 ; 6)
ISBN 978-626-97662-1-5(平裝)

1.CST: 日語 2.CST: 讀本

803.18　　　　　　　　　　　112021469